於穆清庙，肃雍显相。

济济多士，秉文之德。

对越在天，骏奔走在庙。

不显不承，无射于人斯。

——《诗经·周颂·清庙》

清 庙

王以培　摄影／文字／录音

漓江出版社
桂林

序

回头看，“长江边的古镇”又一一浮出水面。溯游从之，我找回了沉落的故园——这原本是我的清庙圣殿。

在此，我唯有祭祀我的祖先，我的家国故园。

“祭如在，祭神如神在”；进入“清庙”，我又与山河故人友好往来。

“祭，际也”当灵魂与先辈相遇相通，逝去的一切，即刻重现，昨在今在永在。

目 录

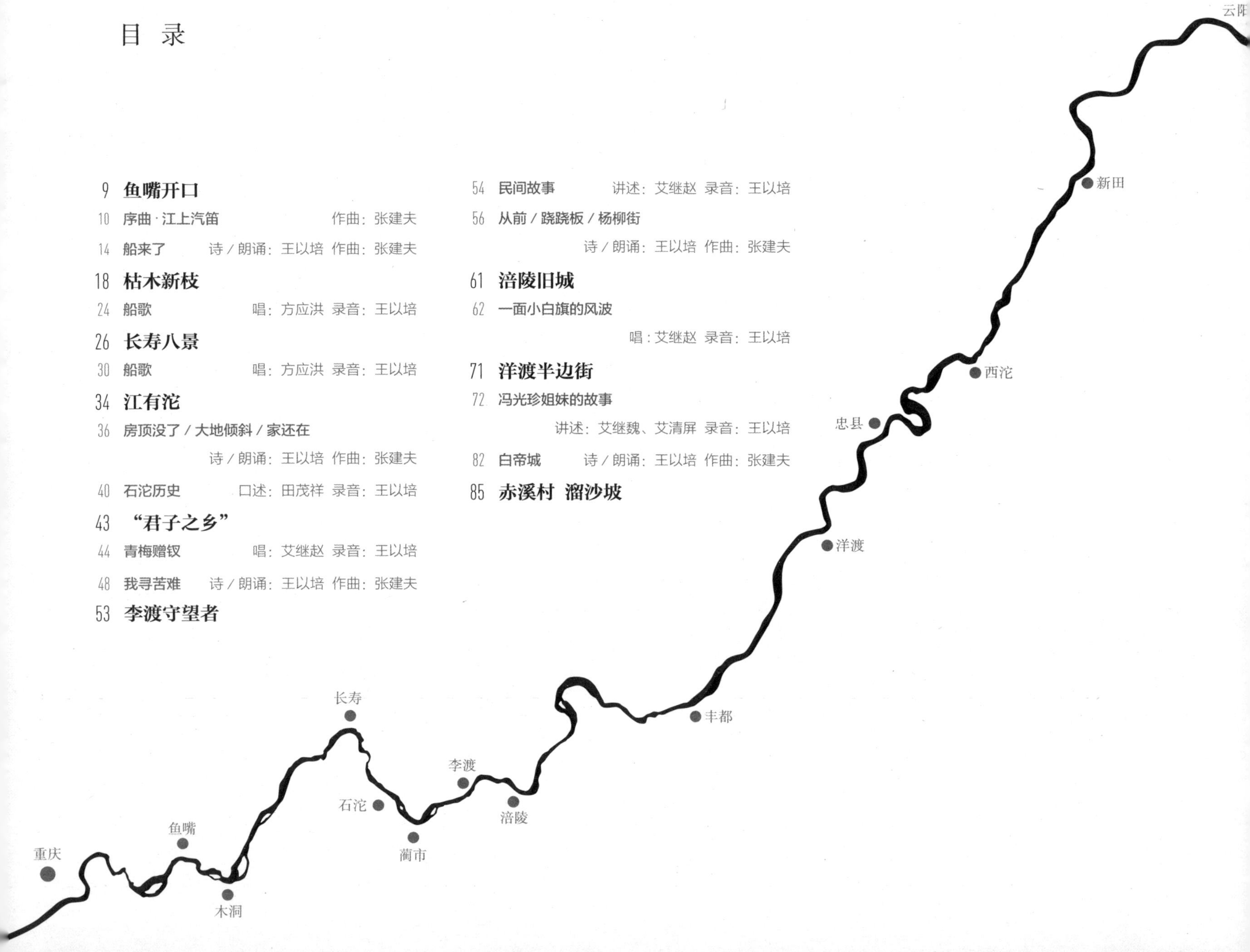

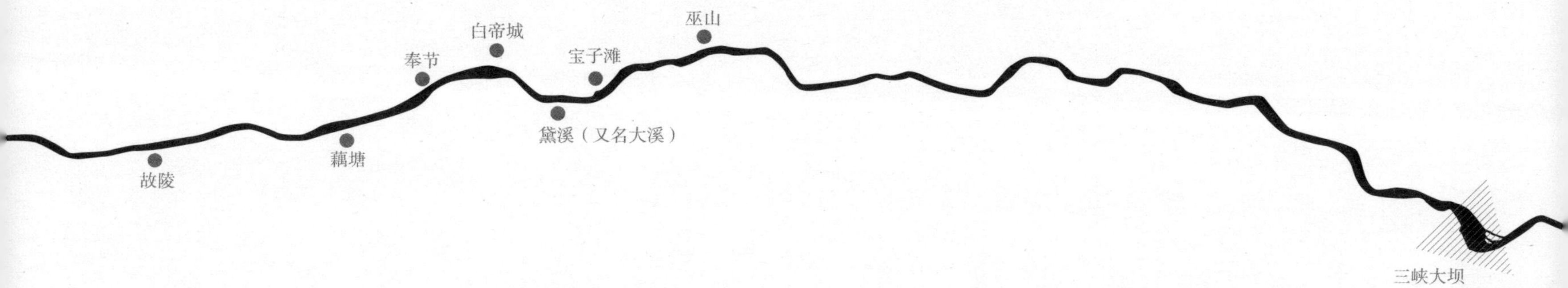

白帝城
巫山
奉节
宝子滩
黛溪（又名大溪）
藕塘
故陵
三峡大坝

鱼嘴开口

鱼嘴为何叫鱼嘴？因为原先江边，有一块鱼嘴形的大石头。

清初已置鱼嘴沱场，道光时，置鱼嘴镇。后来又并入鱼嘴乡，鱼嘴公社，之后又恢复了鱼嘴镇。如今，鱼嘴属重庆江北区。

相传从前有位妇人在河坝上洗衣服，棒槌打下去软粑粑的，再用刷子一刷，刷出一片鱼鳞，原来石头是条大鱼。大鱼疼痛，就游走了。也有人说，因为后山放炮，炸断了鱼尾，神鱼就游走了。而神鱼游走，地势就弱了。

从前在鱼嘴江面，有个“麻雀蹬”，位于南沱子湾湾，隔陆地还有一小段。石头上长草草，草干不死，水冲不脱，底座圆啾啾的。风水好得很。好多麻雀站在上头，所以叫麻雀蹬。传说麻雀蹬里藏着一只金麻雀，每天早晨都会叫。自从英国人的洋船经过这里，金麻雀就再也不叫了。鱼嘴老人告诉我。后来，麻雀蹬被一个石匠打掉，那个石匠亲口告诉我，他卖了钱，还做了一口水缸。现在，连水缸、石匠、麻雀蹬都不在了。

张德清老人和老街的孩子

序曲 · 江上汽笛

作曲： 张建夫

从 2001 年至今，从重庆到宜昌，上上下下，断断续续，转眼走了十七年。随着三峡水位上涨，许多旧城码头淹没；原先码头上的棚棚不见了，各种私家小船、过河船都不见了踪影，唯余汽笛声声，亦真亦幻

神鱼游走，古镇老街也淹没了，但鱼嘴还在。

船来了

诗／朗诵：王以培　作曲：张建夫

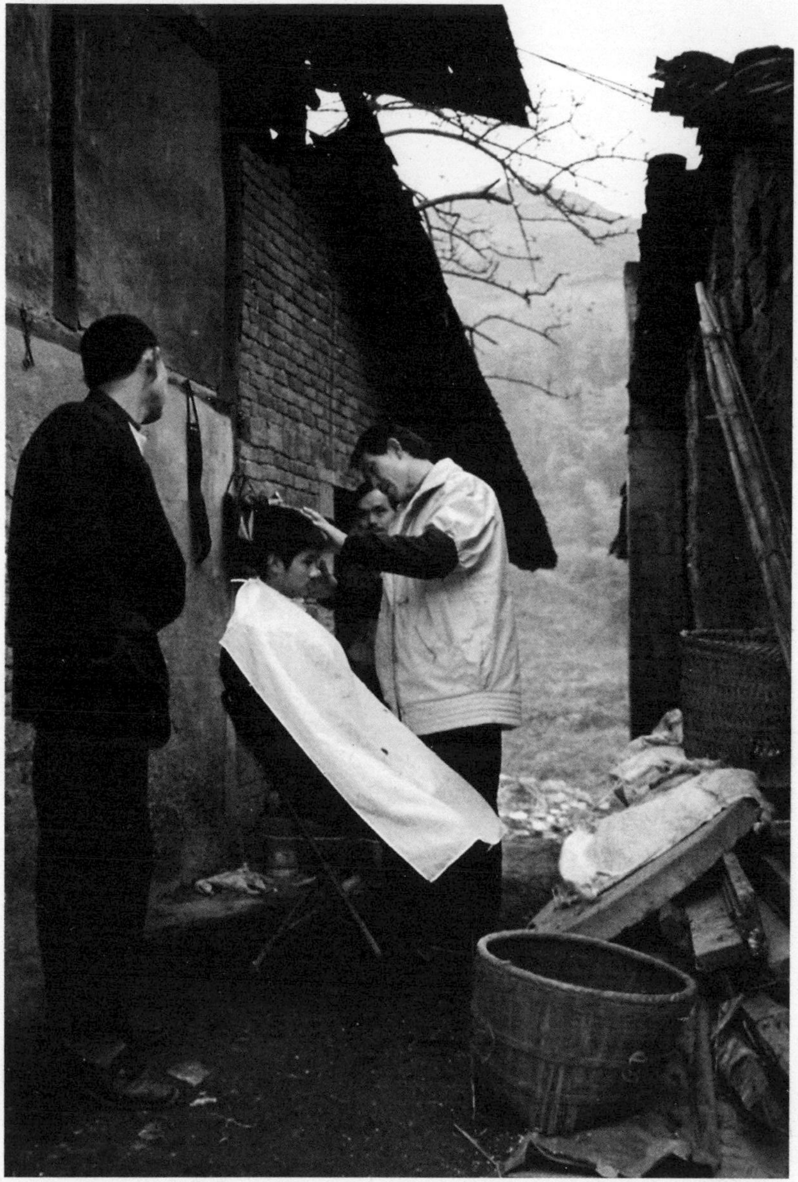

船来了，你背着沉重的幻梦，跟着人流一同下船

你还要让我说什么？

我只是一条鱼，

山是我身，水是我心。

你还要让我说什么？

我原本含着沉默，

含着故园山河，

如今，只吞咽茫茫江水。

我知道一江春水，

正为你送行……

——啊，鱼嘴鱼嘴，

永久的沉默是我；

星垂平野阔，在你在我；

月涌大江流，点亮

水中故园，万家灯火。

木船从废墟浮出——

彼黍离离，这是怎样的宫廷，

怎样的木屋？

我的家就从这里，

出入彼岸江流——

岸在水里，水流上树，

抱回夏日蝉鸣，装点老街；

我的街道啊，为何只闻其声，

不见其人。你们说好要回来的，

而我只见到老人和孩子——

孩子尚未出生，已成泡沫，

冲撞船头；老人手提灯笼，

住进山顶灵屋……

我是鱼嘴，是沉默开口，

你们不哭不笑，什么都懂。

枯木新枝

本页：木洞老茶馆里，与我一见如故的老人，竟未留下姓名

右页：木洞夫妻在自家棚棚里，棚棚搭在江岸，每年枯水季节（除七、八、九三个月）可以做些小生意，开餐馆、茶馆

木洞古镇，在鱼嘴下游不远，地势较高，但原先江岸码头、浮桥、棚棚，石滩、青草，还是都被淹没了。

木洞为什么叫木洞？传说从前有一个木洞，谁家要造船起屋，就可以从中抽出木头；良木取之不尽，用之不竭。当年鲁班爷就是从木洞里抽出木头，建成了禹王宫。但自从人们拆除了禹王宫，木洞后来就再也抽不出木头了。

左页：木洞女孩儿黄文程于自家老宅
本页：木洞老街，黄文程和她的小伙伴们

花圈落地，长成小花园。
灵魂的花蕊，小到看不见，
大到一群孩子，从远方归来，
从花圈里采花，从老街
采撷童年；童声在木洞合唱，
余音绕梁；花圈、古屋，老街、石梯，
引领我们上升，走向清庙圣坛。

木洞木洞，我今抽出的不是木头，
是栅栏，栅栏围成一圈一圈，
牛圈羊圈，灵魂的小花园。
木洞木洞，洞里枯木
发出新枝，任你采撷。

—

船歌

—

唱：方应洪　**录音：**王以培

蔺市老船工方应洪师傅，唱起当年船歌

长寿八景

专业

重庆长寿区，古属巴国枳邑，原名乐温县。因县民多高寿，元末（公元 1363 年）改置长寿县。

相传从前有个大臣回乡探亲，在酒楼上遇见一位白胡子老头来打酒。大臣就问：“老人家，您给谁打酒？”老人说：“给我爷爷打酒，今天是我爷爷生日。”大臣喜出望外，跟着老人回家，只见老人爷爷的爷爷都还健在，鹤发童颜，端坐在太师椅上。问及长寿秘诀，说家里有口何氏井，井里长着一棵巨大的何首乌，喝这井水，辈辈长寿。大臣日后禀报皇帝，此地便由“乐温”改名为“长寿”。

原先，在长寿老城桥头茶馆，一些长寿老人你一言我一语，拼出“长寿八景”：

定慧鸣钟响万里，桃园三洞出仙家。
菩提山前灯一盏，吉祥飞来一菩萨。
西岩瀑布千条线，白观黑夜冒烟霞。
龙舌舔水月夜下，凤凰展翅落平沙。

而如今看见的，却是如此景象。

—

船歌

—

唱：方应洪　**录音：**王以培

那些屋顶，沉船般没入土中；
船上先人，在九泉下航行——
渔歌互答，在青青竹林。

树下生长的孩子，摘片荷叶
就化成轻舟，吹响竹叶
便唤来黄鹂……

雨滴还在窗户上爬行，
像凼凼里的蝌蚪——
一扇窗是一个凼凼，
我在明晃晃的窗户里，
又见长寿故人。

左：长寿老人王缉光先生

右：熊正明老师

江有沱

重庆涪陵区石沱镇，明代属韩市里，史称竹林滩。后因石姓人家居此设渡，改称石家渡，清代又名石家沱。

“水深潆洄者曰沱。”我去石沱很多次，水越趟越深。这里的居民生活在另一个世代，讲述着前朝往事，我曾试图一一记清楚，可石沱人家，连同江岸街道、棚棚及其中发生的故事，至今在水中洄漩，深不可测；那个早已去世的老人家，还坐在故居开裂的危房中等我；火盆里的炭灰，一直是热的。

石沱我去了多次，越了解，越说不清楚，唯有歌以咏之。

石沱老人刘成正先生

船开上了岸，

或岸梭下了河？

我的故居在石上开花，

又变回水中石沱——

“江有沱，之子归，不我过”；

不我过，在水里唱歌。

房顶没了 / 大地倾斜 / 家还在

诗 / 朗诵：王以培　作曲：张建夫

—

家还在啊，你们别不相信，
拨开流水就看见，拨开尘土就看见，
掀起瓦砾就看见——

右页：2002 年 9 月，石沱移民刘玉强（右二），与父亲（右一）及邻居在自家老宅门前

石沱历史

口述：田茂祥 录音：王以培

—

2010 年夏天，在涪陵区石沱镇，听田茂祥老师讲述石沱的来历、石沱祭祀习俗以及个人家史

“君子之乡”

重庆涪陵区蔺市镇，汉代名梨乡。宋代因蔺氏大姓聚居，更名“蔺市”至今。清乾隆二十三年（1758 年），以民风淳朴，盗讼匿迹，获涪州知州袁锡夔题赠“君子之乡”。因三峡涨水，旧镇全部淹没。

青梅赠钗

唱： 艾继赵　**录音：** 王以培

2011 年 7 月 6 日，我正在蔺市老年协会茶馆喝茶，忽然一位老人走过来对我说：“给我也照张相么！我没有相片，给后人照张遗像。”我连拍数张。老人摆摆手说：“行了行了。”他叫黄阳弟，从前在蔺市龙门桥下推过河船

—

2011 年夏，我在忠县遇见艾家兄弟，与他们长谈数日，记录了艾家历史。这是兄长艾继赵唱的川剧《青梅赠钗》选段

—

我寻苦难

—

诗 / 朗诵：王以培　作曲：张建夫

左页：蔺市移民鲁友余一家，
在故居门前

屋顶越来越低，

压得我们喘不过气。

黄昏斜横的麦秆，飘荡的芦苇，

还想在晚风中播种，

在黑瓦之间，江岸沉没的绿地，

播散一些沉默，一些花种，

江水最知道如何将它们浇灌抚育。

我寻苦难，苦难却涌出蜜汁；
我饮苦酒，酒神却唱出欢歌。

蔺市“四方八景”

龙门桥作渡人舟，出旅中峰千里游。

千井供养万人口，火烧炉子挂金钩。

羊渡江心波浪吼，猪槽梁上站白鸥。

四方望江举昂首，一碗凉水解忧愁。

金银石库永固守，木龙吐水清泉流。

梨乡溪畔花果香，状元报本赴龙楼。

如今或已拆迁，或沉入江底。

李渡守望者

民间故事

讲述：艾继赵　录音：王以培

奠

从前 / 跷跷板 / 杨柳街

诗 / 朗诵：王以培　作曲：张建夫

涪陵李渡镇，相传李白曾在此渡江，故名李渡。明属李渡里，清属白里一甲，清末至民国年间改为李渡镇至今。

我在李渡徘徊，去去来来，回想起来，风景凝滞了，而江岸守望者，仍时时望着我。

左页：李渡诗人、学者，《李渡镇志》编撰者金家富先生一家，在李渡故居
本页：李渡奇人，因丢失户口而长年漂泊江上的“廖知青”（姓名待考证）

—

杨柳枝正牵着一群孩子从街上走来

守灵或守望，去去来来的
是江水、人流；
我们静止不动。

守望或守灵，灵魂
踮起脚，在花丛中望着我，
花圈是谁的花冠？

鹅黄的江水映入土坡，
青草绿地间，
李白上船下船，上坡下坡，
偶尔停在我们中间……
而今日不叹息，不饮酒，
只静静坐在门前，
看水中鱼雁，昔日码头。

本页：大跃进时的炼钢高炉
右页：李渡旧镇码头

涪陵旧城

重庆涪陵，地处乌江与长江交汇处。楚襄王时，属楚地枳邑。后并入秦国版图。东晋称涪郡，又名枳城郡。隋开皇年间，改涪陵镇，涪陵县。唐广德二年（764 年）起，题刻白鹤梁。宋元符三年（1100 年）春，黄庭坚于白鹤梁上题“元符庚辰涪翁来”。如今旧城及白鹤梁一并沉江。白鹤梁建成水下博物馆。

旧时涪陵八景：白鹤时鸣，鉴湖渔笛，松屏列翠，铁柜樵歌，群猪夜吼，黔水澄清，桂楼秋月，荔浦春风。相传当年杨贵妃吃的荔枝，就是从涪陵日夜兼程，送到长安去的。

—

一面小白旗的风波

—

唱：艾继赵　**录音：**王以培

那些旧楼东倒西歪，
被江流运走。

小船装载的岁月，
像一麻袋蜜枣。

小窗打开，一阵江风
把花瓶吹翻，鲜花遍洒江河。

天光还在老街涂抹着
墙上青牛，或从旧藤椅的
圆洞里，轻吐泡沫。

母亲弯腰倾身，
背上的孩子以为大地倾斜，
溢出温暖江河……

门前的对联一年一度
被春风改写，
被江水运至苍茫虚无。

中国电信
IP 电话营业厅

人在外面似春风

洋渡半边街

冯光珍姐妹的故事

讲述：艾继魏、艾清屏　录音：王以培

冯光珍姐妹，一个令人敬仰，值得被历史铭记的名字

重庆忠县洋渡镇（花岭村），是武德二年（620 年）设置、元末废弃的南宾县。江水冲刷断层，露出古屋地基，石条后散落着陶瓷碎片。江水退去后，有人从岸边捡到各种古代钱币、铜饰。我曾去洋渡半边街，眼见得它从繁华到萧条，直至消失于茫茫江面。

那面断墙睁着

两只空洞的大眼睛，

故园已贴近天空；

防火墙拍着蝴蝶翅膀，

飞不出老街旧屋，

江岸最后的棚棚，

还剩下几根骨架，撑起灰云。

本页：洋渡镇老人王宁康先生，在自家的“玻璃房子”（简易棚棚）里。当年曾在国民党军统二局工作，解放后经历坎坷。参见《白帝城》卷三第九章（第 286 页）

右页：洋渡镇移民张先发先生，站在已拆迁的故居门前。参见《白帝城》卷三第九章（第 281-283 页）

白帝城

诗 / 朗诵：王以培　作曲：张建夫

只一声鸟鸣，地就裂开；
故人乘船从江上归来——

赤溪村　溜沙坡

2006年1月18日，我乘小船，来到丰都鬼城，赤溪村，溜沙坡。这里也叫农花。一下船就看见花圈上山，生者祭祀逝者。

码头静悄悄的，岸边只停着一只小船。船主冉启仁告诉我：

我们原先一直是跑船的，三峡没修的时候，我那个渡船“农花渡6号”还要得，从溜沙坡，开到对岸的泥马溪，横江过来过去；现在，水位涨起来，原先的渡船就要不得了，因为风浪更大了。我跟我兄弟从1985年开始跑过河船，挣不到多少钱，还是够生活，现在就不行了。

我们赤溪村一、二社的移民，五六百人全搬走了，一部分外迁去了浙江，还有重庆江津，另一部分后靠，也有的“自谋”（职业），只剩下四个单身汉还在那儿。

那儿是哪儿呢？赤溪村，溜沙坡，这里属鬼城丰都县，按当地传说，人死后，都要去溜沙坡背沙。溜沙坡上如今还有一座宝塔，我亲眼看见的，整个山势，像一只躺倒葫芦。

移民冉福仁又告诉我说：

你们那边是阳城，我们这里是阴城。比如我两个打官司，你跟当官的熟，我就打不赢你。但是，人死了过后都到我们这儿来，对不起，我在鬼门关等你，你就搞不赢我，这里的判官我比你更熟。

传说鬼门关还有一座奈何桥，非得叫花子牵你才能过得去。

溜沙坡下面，有一座乌龟堡，从前有好多乌龟，自从郎四大人的坟墓拆了过后，就没有乌龟了。你看，那个白色的，就是原先坟前的两个嘟嘟，像海螺那样的形状，现在都还吹得响。那个郎四大人是清朝时期的人物，他的墓前原先还有两个一丈来高的石狮子和好多小狮子，周围种的花草树木，还有猴子、山鸡、野兔这些，都在栏杆上雕起。我们小时候都见到过。从前谁犯了错，都要拉到郎家祠堂去训一顿，回来就改好了。后来郎家的祠堂也拆了，在原地盖了一个乡政府……

右页：赤溪村移民冉启仁的过河船和船上的妻儿

我们原先住在敖家坝，是从前地主的房子，那个地主叫敖振生，解放初给枪毙了。现在这里要淹没，移民都搬走了，一些后靠的移民房子，山体滑坡都裂了。干部换来换去，一个月就下了，哪个来给你解决？

溜沙坡的移民又补充道：

原先就在这儿种田种地，种苞谷、胡豆、茄子、萝卜这些，水稻田少，四个人一年最多不过五六百斤谷子。现在，田也交了，房子也拆了。

我们这里在水位线下，要全淹没，全部搬迁，不走也不行。新修的码头不许住人，不许建房，不给落实地基，让我们自谋职业，自己想办法……

丰都鬼城，赤溪村，溜沙坡，具体而微，淹没区的故事大多如此。

—

忠县传说

—

讲述：艾继赵　**录音：**王以培

许多类似的神话传说故事散落民间，同一个故事，有多种版本

墓碑上的野草，何以如此茂盛？

因为这里是丰都鬼城，

赤溪村，溜沙坡，金沙从阳光里滑落，

携着前世江水，故园山河，

赤溪村，溜沙坡，

移民今生即开始爬坡，

越过青山，越不过愁云惨雾，

直到花圈借得花魂鸟魂，

投身金沙银河。

奠

玉帝眼中

三期水位线

古井沉浮

讲述：吴天发　录音：王以培

2011 年，在忠县十字街口，我遇见一位坐在路边抽旱烟的老汉，听他说起家乡古井村的兴衰历史

丰都鬼城，相传是人死后灵魂的归宿。自东汉和帝永元二年（公元 90 年）分枳邑，置平都县，迄今一千九百多年。清嘉庆《四川通志》云："壮涪关之左卫，控临江之上游，扼石柱之咽喉，亘垫江之屏障。"如今，丰都旧城整体淹没。

丰都旧县城为名山镇，周时为“巴子别都”，自东汉建县以来，历为县治所在地，曾三次短暂迁徙。如今，名山之上玉帝端坐，俯瞰众生。

三期水位线，或未来彼岸；
我们在水位线下，
暂住一千九百年，
忽然走了，空屋空城，
一时都还不能适应——

黄昏废墟间，空楼传出回音，
黑洞洞的窗门，
睁开许多空洞的眼睛，
和玉帝对视，瓦全玉碎。

—

日月梦影印魂灵

—

诗 / 朗诵：王以培　**作曲：**张建夫

第一只鸟站在窗前，纹丝不动，
昨夜它还是一块石头，今晨被日光一照
便啼破春色

忠县人家

忠县为什么叫忠县？相传东周末年，巴国内乱，巴国将领曼子请缨出使楚国，求楚王出兵平乱，承诺事成之后割让三城。而楚王出兵平乱之后，巴曼子却说：“城不可割让，请取吾头。”并刎首献于楚王，留得三城，忠县即其中之一。楚王叹道：“若得忠臣如曼子，还要城池做什么！”遂按上卿之礼，厚葬曼子头颅；巴国亦按上卿之礼，厚葬曼子之身。我曾见“巴曼子刎首留城处”石碑弃之道旁，后被卡车撞断不提。

忠县有文字记载的历史达两千三百多年，周始为巴国地，秦属巴郡，汉置临江县，西魏设临州。唐贞观八年（626 年），为表彰州人巴曼子“刎首留城”之义举，唐太宗赐临州为忠州。诗人白居易曾任忠州刺史。清雍正十二年（1732 年）升为直隶州。民国二年（1913 年）设忠县至今。2008 年，三峡水位上涨，旧城整体沉没。

而来到忠县，与其说伤心事，不如访忠县人家。江岸棚棚内，一位母亲告诉我：“三天不见大河，心头就发慌。”

新田老歌

唱：冉振爱　录音：王以培

忠县旧城，物资局大楼地下
室，川东地区最早的摩崖石
刻，佛像已遭毁损

——

这是在万州新田古镇，我的挚友，民间艺术家冉振爱师傅唱的两首新田老歌

紫藤 / 走上去

诗 / 朗诵：王以培　作曲：张建夫

水国烟村在木船底下——
船儿经过，有人上船，有人回家。

黔 龍

新田传说

讲述：冉振爱　录音：王以培

被流放的房屋旧楼一一回来，

重返忠县忠州；夜海苍茫，

清江涌流，在江岸棚棚里，

只化作炊烟……

是的，谁都不愿走，

住到哪一天算哪天……

——那天早就来了，

如江水绵延，龙去龙抬头。

“巴州西界”

西沱，原名西界沱，位于重庆石柱土家自治县，古称“巴州西界”。

秦汉时期，“川盐楚销”，西沱即成为转运码头及商业重镇。

东汉末年，西沱始建云梯街，条石从江岸码头，层层向上，铺至云间山顶。两侧吊脚楼间，曾建紫云宫、禹王宫、万天宫、南城寺、关庙、二圣宫（祭孔子、关羽），如今全无踪影，只见第三冰川纪的古树化石群。

三峡涨水，淹没了云梯云根。

祭恩师陈永堂先生

诗 / 朗诵：王以培　作曲：张建夫

花圈开在屋里，孩子们围在门前，

先辈灵魂，沿云梯上下，

大手牵小手，登青天紫云。

玉炉不断千秋火，云台风卷万年历；

云根在冰山发芽，人间春色重临。

—

墓穴内外，蜻蜓飞舞，蝴蝶穿行

劳动号子 / 哪里吃饭不要钱

唱：张远鑫　**录音：**王以培

溪口乡位于重庆万州区西南，长江南岸，因境内大溪沟临江，故名大溪口，简称溪口，地处冲击平原，小丘起伏，遍山良田，却因地势较低，属“全淹二期搬迁集镇”，三峡涨水后，溪口沉没，移民后靠或外迁。

2004 年 5 月 3 日，船到大溪口。下船只见大黄桷树下，江岸岩壁，一排无头石像，如石人阅江。坡上油菜花遍布田野，田垄之间，旧宅地基依稀可见。再往上，“水位 175 米”的水泥标牌立于村口山梁，醒目刺眼。

问故人，答曰：“哎呀呀，你要是早来两天就好了，前两天谭师傅刚刚去世，要不然他能告诉你好多事情。”这一路，尽听见这样的话，想想早两天是多早？生死之事，岁岁年年，江流漫漫——你永远晚来一步！

据溪口老人回忆：溪口老场地势，是个下山狮子。清嘉庆二十五年（1820 年）八月，立场开渡。原先有一座王爷庙，四周两座茅草棚棚，夜晚孤灯一盏……民国时期，木船往来穿梭……“一扯船，二摇金，三挖煤炭伤人心。”

溪口古镇，至今保持着传统习俗。

2004 年 5 月 3 日，大溪口村民，谭瑞森老先生的葬礼。

按当地习俗，请来乐队唱歌表演，俗称“做夜”；亲朋好友，街坊邻里，也一同为逝者守夜送行。

—

慢行船

—

诗 / 朗诵：王以培　作曲：张建夫

“蜉蝣掘阅，麻衣如雪”，

雪落众人头顶；

故人在江上微笑，点亮

庙里孤灯，船头渔火。

“蜉蝣掘阅，衣裳楚楚”，

从夜里抱出的婴儿，

玉是精神，雪为肌肤。

新田故里

新田民歌

唱：幸正南　**录音：**王以培

左页：利济桥下，新田白水溪

这是八十多岁的幸正南老先生演唱的民歌

从前有个牧人，从山里走出来，寻找丢失的羊群，发现一块平整的坝子地，于是在这里开荒种田。这便是新田的来历。新田，古称新开田，位于重庆万州区。

新田的地势，是“九朵莲花三枝藕”：九朵莲花为九座山包，三枝藕是三条河。

新田有两条龙：一条水龙，一条旱龙；水龙是白水溪，旱龙是新田老街。

这里生活着文天祥的后裔。从前有座文家大院，院子里有花园、鱼池，各种果树和几百间房屋。解放初，新田文氏将文家大院捐给了国家，建成新田小学。

新田老街，位于白水溪边，人们过着传统生活。空气中飘着山歌、船歌与神话传说；关于金子山、鹞子岩、将军岩、小狐滩，还有伏地狮子、“壁上挂灯”，连同新田老街、利济桥、禹王宫、东岳庙……不在这里生活，不知什么是新田，新开田；不亲身经历这一切，不知什么叫烟消云散。

在新田故里，我找到新家，学会了祭祀……祭祀之夜，窗外飞来一只大蝴蝶，那不是幻觉，是我在新田亲眼所见，亲身经历。

蝴蝶蝴蝶，你是哪位老人家？

孩子孩子，你来自哪位祖先？

人都走了，回音回荡在空巷老街；

月圆之夜，白水溪把月亮折成一只白蝴蝶。

奠

伐木歌

唱：冉振爱　**录音：**王以培

—

“翩翩树叶儿飞哟，锯木随风扬哟，在那高高的山上，嗨，我们采伐忙”
自从冉师傅去世，这世上就再也没人会唱这首歌了

右页：新田老人刘云生夫妇，当年舞狮高手，人称“刘狮子”。参见《江有汜》（第108页）

冬夜 / 观星亭 / 蝴蝶

诗 / 朗诵：王以培　**作曲：**张建夫

左页：新田移民张远鑫师傅，
于故居门前

云 云城32 阳

云阳旧城

云阳旧城，建于两千三百多年前。东周赧王元年（公元前 314 年），秦灭巴国，置巴郡，建县“朐忍”。后来历朝历代先后更名为“云安”“云阳”。如今旧城已经淹没，对面的张飞庙也整体搬迁。

在云阳旧城，时光曾慢下来：印象中，午后的阳光照耀着江岸石阶；两旁的棚棚，贝壳似的张开；炊烟袅袅，连着云中太阳，巴国朐忍。

对面的张飞庙，“江上风清”，轻拂日月；“牵翠眠阴之处”，如荷叶张开。

右页：云阳旧城码头

螃蟹歌 / 一颗豆子圆又圆 / 月儿弯弯照九州

唱 / 录音：冉振爱

冉振爱师傅于 2013 年去世，弥留之际，他问我要了一支录音笔，在家人的帮助下，录下这几首歌

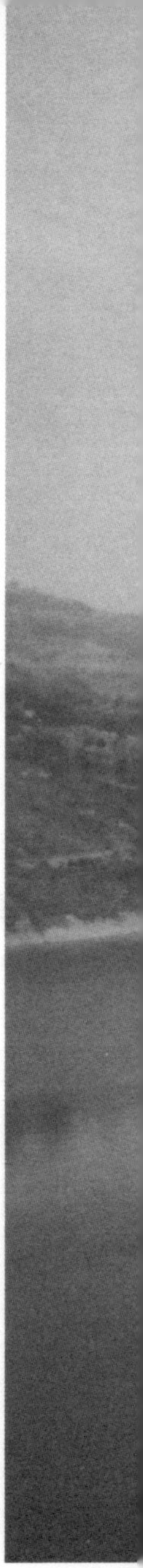

156.6米
云阳

“春秋多佳日，山水有清音”；

只是眼前老街，红色“水位线”

已浮上墙壁，老人和孩子

仍坐在门前，等候命运安排……

命运命运，身世沉浮；

一船移民，任雨打风吹。

风土显灵

诗 / 朗诵：王以培　**作曲：**张建夫

我是踏着雨声和鸟鸣走进来的，一路与石碑一起淋雨：
“夔府孤城落日斜”；而你
从汽笛中，听得出日出的声音。

左页：云阳旧城，柳德军先生在自家药铺拉二胡。参见《往生》第八章（第288页）

—

对门那个姐 / 点兵歌 / 孟姜女

—

唱：谭孝汉　录音：王以培

2013 年夏天新田民间歌手谭孝汉演唱的三首民歌

“龙去龙来游”

杨忠乐自述

讲述：杨忠乐　录音：王以培

这是 2013 年夏天，在云阳街头采访盲人杨忠乐先生的录音。在我看来，这是当代历史不可或缺的一页

云阳龙角镇，位于长江南岸的磨刀溪畔，距云阳 33 公里，从磨刀溪乘船进入，一路可见“龙角八景”——

龙去龙来游，龙去龙回头。
两水飘玉带，东边一绣球。
张王坐象鼻，尾托一犀牛。
有谁葬此地，世代出王侯。

据龙角《许氏家谱》记载，龙角镇早年叫坳口场，原先是“湖北大冶支许氏入川聚居地”。龙角老人又告诉我，龙角从前都是坡地，种的苞谷、洋芋、红苕，芝麻、胡豆、豌豆；房子是后来盖的。老城全部淹没，居民有些外迁，大部分还是后靠，迁往新城。

我请龙角艺人黄本兴、吴启才两位老师唱孝歌，他们说在屋里唱不吉利，于是，我们来到正午的阳光下。他们打起锣鼓，就唱起这首《分香歌》——

上古之时本无香，树叶烧来答上苍。
烧与天来天不应，烧与地来地不当。
上界尊神不忍见，差下蛮雷五百双。
一雷打在真香洞，惊动香娘走四方。
一支走在西天去，三藏取经是檀香。
二支走在书房去，红鹰传下是信香。
三支走在海中去，八仙过海是沉香。
四支走在后园去，郭巨埋儿是回香。
五支走在阴岗去，武松打虎是木香。
六支走在杭州去，金娘喂儿是乳香。
七支走在校场去，七郎带箭是麝香。
八支走在雍州去，姜女寻夫是衣香。
九支走在昆仑去，老君打铁是丁香。
十支走在魏国去，苏秦不忠是料香。
檀香烧起团团转，沉香烧起满屋钻。
料香烧起白奄奄，信香一炷透青天。

孝歌

唱：黄本兴、吴启才　**录音：**王以培

156.6
Δ
III

。

藕塘移民石
码头。参见
69 页）

天光 / 山水涅槃 / 飞天下凡 / 面壁

诗 / 朗诵：王以培　作曲：张建夫

—

总也分不清是岩石游走了，或是鱼儿携着新绿，
静静回归

藕塘在重庆奉节县安坪镇，曾是一座藕花盛开的小村庄，如今已沉入江底，只剩下这个名字：“藕塘”。

2004年2月14日，“小神龙”号逆流而上，经奉节新旧县城，然后是赵家湾、罗家沱、二沱、卷洞桥、大沱、老油房、三塘，来到藕塘——我在这里下船，就因为“藕塘”这个名字。

码头上一片空场，散落着几座棚棚。我在棚棚里向老人询问藕塘历史，他们就告诉我：

这里有个池塘，不知哪个朝代生出一片莲藕，所以叫作藕塘。我们小时候都还见过莲花、莲藕；莲花叶子不大，很漂亮，坐在屋子里都能闻到香。水退了，就在藕塘里种田。藕塘村包括藕塘、桥凼、落凼这三个凼凼。以一道溪谷为界，上面是藕塘，下面是新铺。

藕塘地势，取名“金盆照月”——月亮升起来的时候看不见，因为四周都是山，月亮就会从藕塘里现出来。我们就住在藕塘边，门窗正对着长江，能看到柏树，看不到船，被藕塘的弦弦（方言，指高出的边缘）挡住了。

我们从湖广填四川起，祖祖辈辈就在藕塘种田。原来这里有个大地主，叫成仲陶，解放后在新铺坝上枪毙了。他的财产包括土地、房屋，都分给了贫雇农……

六十年代吃苞谷的时候，藕塘开的花是白色和紫色的，也没有人种；现在藕塘已经多年不生藕，也不开花了。

藕塘老人如是说。我在藕塘倾听历史，并记录船歌——

一重江水百重滩，下滩容易上滩难。

纤夫舟子齐努力，太平渡过鬼门关。

左页：藕塘母亲李建林和她的小儿子王盛平于自家棚棚中。参见《江有汜》第67页

奉节旧城

重庆奉节旧县城，战国时属楚国。秦汉间置鱼复县。蜀汉章武二年（222 年），刘备兵伐东吴惨败，退守鱼复，将鱼复改为永安县，兴建永安宫。杜甫诗云：“蜀主窥吴幸三峡，崩年亦在永安宫。”永安宫就在奉节旧城，当年刘备在这里托孤，如今故地整体淹没。

自唐代贞观二十三年（649 年）改称奉节县，因隶属夔州府，亦称“夔州”或“夔府”。杜甫诗云：“夔府孤城落日斜，每依北斗望京华。”原先旧城“依斗门”名称便来源于此。

2001 年夏天，我初到奉节旧城，在茶园听川戏；坐在依斗门下，看移民上船下船；日后又在旧城人民广场，见识了民间艺人的各种演唱表演，如亲历人间悲欢离合。

据民国时期《奉节县志》记载，古夔州有“九宫十八庙”：乾元宫，轩辕宫，文昌宫，三元宫，万寿宫，武圣宫，天后宫，帝主宫，禹王宫；白帝庙，关帝庙，文圣庙，东岳庙，城隍庙，财神庙，水府庙，阳神庙，张爷庙，玉皇庙，马王庙，山神庙，二郎庙，杨泗庙，火神庙，土地庙，药王庙，龙王庙。

还有古夔州十二景：武侯阵图，滟滪回澜，赤甲晴晖，白盐曙色，草堂遗韵，峡门秋月，瞿塘凝碧，鱼浦澄清，文峰瑞彩，白帝层峦，龙冈耸秀，莲池流芳。

—

劝郎歌

—

唱：佚名老人　**录音：**王以培

云阳广场，民间艺人三三两两，唱着这样的老歌

零售批发价格

156.50M
三期水位

代寫
诉状
地址
本店

奉节港

左页：奉节旧城码头

旧楼载着青草砾石静静启航，

虚无本身，是个好地方，

就连江水也喜欢去那里，

我的故园，也一同前往。

翠华想象空山里，玉殿虚无，

就把永安宫建在山上，

请看石上藤萝月，

正顺着青藤野草爬进幽窗——

桨声在空屋回响，你听见了，

在什么地方？江中柏树下，

岸边高高山岗？我在白帝城等你，

城头今日，白雪苍茫。

白帝城

白帝城坐落在重庆奉节城东，长江北岸山岗。白帝城为何叫白帝城？

相传当年汉高祖刘邦醉酒斩白蛇，而后遇见一位悲伤的母亲，说：“有人杀了我儿子。我儿是白帝子，为赤帝子所杀。”刘邦听了就很得意，之后果然当上皇帝。到西汉末年，王莽篡位，其手下大将公孙述割据四川。公元25年，公孙述进军瞿塘峡口，见白鹤井中白气升腾，祥龙献瑞，于是踏马为城，自称白帝，将原先“子阳城”改名为“白帝城”。一时间白帝复活。只可惜英雄气短，公元36年，公孙述被光武帝手下大将吴汉击败，“洞胸坠马”而死。白帝城亦随之毁于战火。日后当地百姓兴建白帝庙，以祭祀白帝。

到明代，“白帝庙”又改为“三功祠”——因公孙述背叛汉室；之后“三功祠”又改名“义正祠”“明良殿”，取意“明

左页：白帝城下
右页：风箱峡

川江号子

唱：方应洪　录音：王以培

君良臣，千古垂范”。自此“白帝庙内无白帝，长祀蜀汉人物”沿袭至今。如今，白帝城内，“托孤堂”犹在，刘备托孤群像庄严肃穆，栩栩如生。

而登上白帝城才发现，历史有时像个雪人，一见他就化了——原来真正的历史没有时间；如真正的圣城，没有地域。你去耶路撒冷，我上白帝城。上帝只有一个，有时是白色的，有时灰红。每个人都有自己的家，每个民族都有自己的祖先。对我而言，祖先在哪里显灵，哪里就是圣地。

就这样，循着祖先的召唤，我终于找到自己的圣地，登上白帝城——不必多说，也无须证明什么，我知道，亲人祖先就住在城里；上帝和我们在一起，身着白袍素衣，化身白帝。

白帝城的老英雄蔡英来，曾为中共地下党，与江姐一同出生入死，为奉节解放做出过杰出贡献

迎春接福
信合护航四季平安
福星高照八方进财

天视自我民视，天听自我民听；
自从听见江水召唤，看见白帝城中
托孤身影，你才知道自己
曾经是谁，将来属于谁——

而转世投胎，我连哭都不会，
直到登上白帝城，才流下前世泪水—
白雪皑皑，白浪滔滔，
我在圣城圣地失声痛哭，
失去的只有苦痛伤悲——

白帝今日，像个雪人儿在山上
等我，我们一见面就彼此
化为光，化成浩瀚江水。

清清黛溪

右页：船入瞿塘峡

黛溪又叫大溪，位于瞿塘峡东口，汉代开始兴盛。这里还挖掘出新石器时代的大溪文化遗址。对我而言，黛溪清清，深不见底。考古学家用碳十四测出大溪遗址中的那一具骨骸距今 5000 年；而我更关注仍健在的老人，他们亲口道出的活生生的历史记忆。黛溪近百年来，曾经发生了多少惊心动魄的大事，今人一无所知！

黛溪曾有位美人，名叫余善珍，传说中的“一里香”——“你在一里之外，都能闻到她的香味”。黛溪老人告诉我。余善珍的父亲余干庭是黛溪一位开明绅士，曾主持兴建了聚兴昌。解放初，余干庭跳江自尽；日后，余善珍也在“文革”中含冤离世。而今，聚兴昌连同黛溪旧乡也一并沉入江水。

还剩下什么？唯有神话传说。相传当年龙王接玉帝圣旨，要在黛溪开一道峡谷，于是就地一滚，变成一个白胡子老头。他问江边放牛娃，到黛溪怎么走？放牛娃顺手一指，指向黛溪；可放牛娃手里拿着把镰刀，镰刀是弯的，龙王就顺着镰刀指的方向开峡引水，结果开错了，这道峡因此就叫错开峡。龙王因此被锁链捆绑并斩首，锁龙柱、斩龙台如今都还在。

原先的黛溪老街，船形的聚兴昌坐落在江岸，四周曾有王爷庙、文庙、地主宫、万寿宫、岳王宫、永盛宫、黄经堂和康公庙。还有一棵愿望树，是一棵巨大的黄桷树，逢年过节，人们都在树上挂红许愿。所有这些都拆了砍了，全都淹没了。黛溪老人告诉我。

黛溪聚兴昌

二线水位
146 1

—

长江流过洛碛

—

诗 / 朗诵：王以培　作曲：张建夫

层层绿叶间，
故人正像鸟儿一样，在水中迁徙

NBA

牧童牧童，你的镰刀弯了
却依旧指引我，重开一道峡，
一条路，让橘子把橘树运出峡口，
连同水中橘林青山——
把故园山坡一同装上船，
黛溪在船头渐行渐远……

母亲还在江中生火做饭，
连同岁月时光都不肯搬迁；
母亲和聚兴昌一起留下来，
还有我，黛溪水位线下的童年。

龙跑滩

2004 年 2 月 5 日中午 11 点，“红发号”机动船离开巫山七码头，一路向上游行进，前往宝子滩。冬日江水，清澈到令人难以置信，然而水位上涨，已然淹没了江岸良田，坡上橘树，白底红字的水位线标牌，插在小山顶。

人们告诉我，宝子滩是个险滩，解放前，一天要翻两只船——水从这边冲过去，船翻在小南嘴。因为溪间冲出石宝，长年累月，堆成石滩，叫宝石滩，宝石滩日后又喊成宝子滩。

水位涨至 139 米时，宝子滩江岸，仅存一块小土坪。我在那里遇见黄发清老人，跟我讲述起了当地的神话传说——

相传宝子滩从前叫龙跑滩。古时候，成都出了个杨状元，他进京之后，遇到一个落难的四川人，因错发雨簿，被罚到京城打扫御花园。杨状元就为这个四川人求情，保他出来，而此人正是四川老龙。杨状元回乡的时候，坐着一艘漂亮的大木船；船行到下马滩，那里有个老龙洞，河当中现出三桌酒席。杨状元即刻下马拜龙王，龙王就赐给他一把伞，说一定要等到家才能打开。结果杨状元走到这里，正好下雨，就把伞打开了，躲在伞里的龙王小姐就跑掉了——老龙原本是想把龙王小姐许配给杨状元的。这里日后就叫龙跑滩。龙跑滩后来被喊成了跑龙滩、宝子滩。

我担心还有许多这样的神话传说，被上涨的江水与流逝的时光一并淹没了。

十二时辰

唱：谭孝汉　录音：王以培

鲤鱼朝天子，龙王会状元；

龙王小姐，你在风雨中还要跑多远？

你不回来，我就让江水去找你；

你去一条江上看看，哪里比得上

我们龙跑滩；龙王小姐，

你还不回家，还要跑到哪里去呢？

巫山神女

巫山以上古唐尧时代巫咸得名，巫咸为尧帝御医。秦昭王三十年（公元前227年），秦伐楚，取巫郡，废郡立巫县，为建县之始。隋朝开皇三年（583年），巫县改名巫山县至今。三峡涨水，巫山旧县城全部淹没。

李贺诗云：

南风吹山作平地，帝遣天吴移海水。
王母桃花千遍红，彭祖巫咸几回死。

相传，王母桃花三千年一红；彭祖活到八百岁；巫咸能作筮占星，祝延人寿，知存亡生死。

有神巫自齐国来，是巫咸或巫山？

有神女从山上来，是织女或母亲？

母亲背着孩子，上山下山，

穿云渡海，孩子呀，

尚未识得人间苦难，

直到江水上涨，淹没故园，

直到母亲仙逝，化为巫山。

孤雁牵动织女星，

孤儿牵着母亲的衣襟；

可母亲走了，水涨山低，

巫山神女，我怎么也看不清……

尾声 · 川江号子

作曲：张建夫　**人声：**方应洪

清庙音声 · 文本及说明

序曲 · 江上汽笛　页 10

作曲：张建夫

从 2001 年至今，从重庆到宜昌，上上下下，断断续续，转眼走了十七年。
随着三峡水位上涨，许多旧城码头淹没；原先码头上的棚棚不见了，各种私家小船、过河船都不见了踪影，唯余汽笛声声，亦真亦幻。

船来了　页 14

诗 / 朗诵：王以培　作曲：张建夫

船来了，你背着沉重的幻梦，跟着人流一同下船。
知道么，脚下沉沉江水浸润的大地，深厚、柔软。
知道么，顺着浮桥走下去，窄窄的石梯
通往大街小巷，每一户人家的门窗，都为你敞开！

（选自王以培诗集《采真》）

船歌　页 24

唱：方应洪　录音：王以培

蔺市老船工方应洪师傅，唱起当年的船歌——

船到滩头水路开，水府三官要钱财。
他要钱财拿给你，保佑船儿上滩来。

一根竹儿嫩悠悠，长在青山竹林头。
青丝绿叶大如斗，狂风一吹叶落沟。
有朝一日落在平公的手，砍回家中把筋抽。
外面去把青皮打，里面又把隔板殴。
操一副板儿遍地走，哪里好耍哪里游。
好耍不过重庆府，买不出来都买得出——

朝天门大码头迎官接圣，千厮门的花包子[1]白如银。
临江门的菜篮子涌出涌进，秋月门打锣鼓就埋死人……

重庆城赶船下夔府，乌龟石落堰[2]要贴墙。
铜锣峡的古迹在半岩上[3]，
好一个铜锣打不响，好一个铜鼓敲不盘[4]……
野骡子的菩萨在半岩上，
石板滩的豆花哦又滚又烫……
哎，好耍不过涪州府，
涪陵的露酒真骨酥，涪陵的榨菜遍地走……

万县赶船下夔府，臭盐碛摆的哟八阵图。
巫山大峡没得路，半岩现出了风箱木……

尽管记忆有点模糊，或将几首船歌联唱，但当初正是这样的声音，在江上回荡。
曾多次寻访古镇蔺市，在旧城老年协会茶馆，或方应洪师傅住处，蔺市旧城大夫第，与老人们谈天说地，逐字逐句，记录船歌、蔺市“四方八景”或历史故事。
老人们记忆都有些模糊，但解决问题的办法有两个：一是反复多次采访同一位老人家；二是让诸位老人家聚在一处，大家你一句我一句拼凑；或让众人回忆同一段历史，则更加全面立体。实践证明，这种方法行之有效。

船歌　页 30

唱：方应洪　录音：王以培

又一个版本的船歌，略有不同，与前一个版本互相补充，相互印证——

朝天门推船要贴墙，
乌龟石落堰要打桩。
好一个铜锣打不响，
好一个铜鼓敲不盘……
野骡子的菩萨在半岩上，
石板滩的豆花哦又滚又烫……
长寿的饼子是灰面做，
涪陵的榨菜真骨酥，
丰都出的是豆腐乳……

万县赶船下夔府，
臭盐碛摆的哟八阵图。
巫山大峡没得路，
半岩现出了风箱木……

房顶没了 / 大地倾斜 / 家还在　页 36

诗 / 朗诵：王以培　作曲：张建夫

房顶没了

房顶没了，苍穹展开，
墙壁没了，门窗大开，
孩子你看，三面江水四面山，
正紧紧拥抱着我们的家园！

大地倾斜

一边是堆积如山的旧楼，
空寂、灰暗；
一边是空空的江流，
被夕阳浸染。大地倾斜，
走在江边，如履薄冰，如临深渊。

家还在

家还在啊，你们别不相信，
拨开流水就看见，拨开尘土就看见，
掀起瓦砾就看见——

当银白的玉带缠绕江城，
黑瓦如密集的群鸟在江岸徘徊，
绿荫在流水流光中，轻抚着悠悠老街；
街边的旧屋听惯了汽笛，看惯了流水，
知道不一会儿，那艘运粮船就会回来。

渔火在风中纷纷亮起来，
旧城到了傍晚，天边只剩
最后一抹斜阳，如小小鲤鱼红了鳃。

（选自王以培诗集《采真》）

石沱历史　页 40

口述：田茂祥　录音：王以培

2010 年夏天，在涪陵区石沱镇，听田茂祥老师讲述石沱的来历、石沱祭祀习俗以及个人家史。详细内容，参见“长江边的古镇”之《往生》第三章“水深潆洄者”。

青梅赠钗　页 44

唱：艾继赵　录音：王以培

2011 年夏，我在忠县遇见艾家兄弟艾继赵、艾继魏，与他们长谈数日，记录了艾家历史。详见“长江边的古镇”之《沉沙》第十章。
这是兄长艾继赵唱的川剧《青梅赠钗》选段——

这一阵饿得我说话都喘，
站立不稳，怕要栽。
饥荒年，老汉又把病来害，
借贷无门哭声哀。
枉自我儿寒窗苦读大块，
唉，文章好换不来米和柴，
我儿不如丢书去做买卖……
（旁白：“老婆子，做买卖要本钱的么！”）
唉，我儿不如去把轿子抬……

我寻苦难　页 48

诗 / 朗诵：王以培　作曲：张建夫

我寻苦难，苦难却涌出蜜汁；
我饮苦酒，酒神却唱出欢歌。
我试图坐在烈日下的船头，
晒干心底泪水，谁知烈日竟躲进云层，
唤来微风细雨，为我唱一首船歌——

“船到滩头水路开”；
人到孤单深处，便与深山交流。
两岸青山，蝉鸣悠悠；
关刀碛上的关刀，只为斩断忧愁。

——如果我回不来了，请你记得，
我乘上了我们乘过的每一条船，
住进了我们住过的每一间屋，
每一个船舱，喝尽了我们喝过的每一滴酒，
——“那又如何？”

如何如之何？坐在船头饮酒，
我还能说什么……
我要是一只知了就好了，
可以在巫山峡谷欢唱一个夏日，
然后就永远消失了。

我要是一匹山岩就好了，
可以像一匹马，在山里奔跑，
或是停下来看船；
看船夫任意抛下缆绳，
拴住任何一座古镇。

我要是一座古镇就好了，
看似被他们拆除，沉入水底，
其实只是从真实变成幻影，
一如破茧的春蚕，倾吐绫罗绸缎。

我要是绫罗绸缎就好了，
可以铺在江面，让柏木船回家，
疲惫的旅人，安心入眠。
我要不是我就好了……

我果然什么也不是，
只是寂寞江上，一个孤单的旅人。
昔日的船舱，桃红柳绿，
你一会儿坐着，一会儿躺在那里。
——“我不认为我回来了。”
我也不认为你已经离去。

可船舱空空，就像江里不见一条鱼；
舱内寂静，只见山光树影；
你早已不在，我孤单的旅途还在继续。

可我已不再找你的幻影，
只在苦难人间，寻求一片安宁。
银亮的江水在窗前闪耀，
层层叠叠的红土、青草……
直到今日我才认出大地的伤口，
认出水中村落，江上孤岛。

层层屋基露出雪白的牙齿，
红红的牙龈，仿佛死者
遇见久别的亲人——
一时间江水呜咽，你默默伤心。

痛彻心扉之时，水上门窗，纷纷开启；
大片阳光收拢渔网，
打捞醉后的幻觉，重重记忆。

乱石凋零，红土心碎。
痛彻心扉之时，
银白的江水，格外平静。
你们认不出的孤岛早已认出你们，
认出你们心底的孤单、憔悴。
你们认出的家园早已不再是家，
如庙堂诸神，不翼而飞——

当故园淹没，祖坟被毁，
尸骨在水中寻找自己与亲人的身躯；
你们只是乘船经过，看见江面
细碎的银光，无尽的涟漪。

（选自“长江边的古镇”之《河广》）

民间故事 页 54

讲述：艾继赵 录音：王以培

从前有个川剧爱好者，说话结巴。有一次，出城门去耍，那个城门隔他家不远。这一天，城门失火了，他赶忙跑回去报告母亲，可那么结巴的人啊，遇见急事，就更加说不出话来了。他跑回家去：“妈妈妈妈……”半天就妈不出来。妈一看儿子这样，不晓得有什么急事，就启发他说：“儿啊，莫着急，你就像平时唱戏那样说么！”儿子一听，立刻打起锣钹，念道：“儿禀老娘：不好了，东门外事失火，我们赶忙回去盘家伙！”——一句话就说清楚了。

解放前，唱川戏的都吃鸦片烟；戏里唱过一个张飞斩马超。张飞在前头唱，就该马超出场了。马超这个演员还在吃鸦片烟，叫他他就慌了；他已经把装化好，衣服也穿好，帽子一戴就上场了。张飞一看，马超怎么没挂胡子呢？亮相也不像了，马超自己也发现了。唱戏的人脑壳空[5]，反应相当快。张飞就问：“来者何人？”他说：“我是马超的儿子。”——本来没这几句台词的。张飞就说：“你娃娃不是我对手，快回去喊你的老子来！”马超赶紧回去，把胡子一挂，又出来了……

过去在涂井乡，懂戏的相当多。这一天，有个戏班子，来涂井乡唱戏。一个财主就叫他的儿子去打听，晚上唱什么戏。他儿子就去问：“哎，今晚唱啥子戏啊？”那打杂师就开玩笑说：“今晚唱棒槌戏！”——他是乱说的，根本就没这个戏；他看他是个崽崽儿，骂他的。结果这个崽崽儿就回去告诉大家：“今儿晚上唱棒槌戏。”马上通知那些有身份的人，他们都来了，说来听棒槌戏。川剧团的人赶忙解释说：“跟娃儿开玩笑的，根本就没那个戏。”而那个财主是当地一霸，就说：“敢不唱，今儿就要你唱棒槌戏！”——打杂师惹祸了，怎么办？几个主要演员就现编，连唱带编：唱七仙女在天上洗衣服，洗衣的棒槌不小心落入凡间；有人捡到了，然后各方都来争夺这样宝贝——把别的戏中的夺宝大战，改成了争夺棒槌，就这样连唱了几天，那个棒槌戏还没唱完哦。直到那个财主说：“好了，不唱了！”——唱戏的人，就有那么灵光。

从前 / 跷跷板 / 杨柳街 页 56

诗 / 朗诵：王以培 作曲：张建夫

从前

树弯下身子，扶起地上的影子，
还是去年夏天摔倒的那个孩子。
绿叶揉揉他的背，拍拍他的肩；
他起身回家，就走回从前。

跷跷板

小木板在溪流上横着，
一起一落，如童年的跷跷板。
两个孩子一个留下，一个走了。
留下的，在溪边挑水；走了的，在天涯漂泊。
跷跷板落在水里；翘起的鱼尾，向天诉说着什么。

杨柳街

衣服挂在树枝上，如四季的色彩。
红砖、灰砖，将过去的每一天
排列整齐，砌上窗台。奶奶您看，
杨柳枝正牵着一群孩子从街上走来，
他们都是我童年的伙伴！

（选自王以培诗集《采真》）

一面小白旗的风波 页 62

唱：艾继赵 录音：王以培

大哥艾继赵唱起从前父亲参加排演的现代川剧：

河东唱歌河西应，两岸一片欢乐声。
好麦子个个都起劲，我一个人检查活路忙不赢。
一队二队好安顿，唯有三队不接受批评。
张队长服软不服硬，他队里又是一些年轻人。
年轻人个个都争强好胜，一不对头就扯筋，
我勉强插上红旗，鼓励他们上进心……

冯光珍姐妹的故事 页 72

讲述：艾继魏、艾清屏 录音：王以培

幺兄弟艾继魏及小妹艾清屏分别讲述同一个人物，同一段被沉埋的残酷历史：冯光珍姐妹，一个令人敬仰，值得被历史铭记的名字。参见“长江边的古镇”之《沉沙》第十章。

白帝城 页 82

诗 / 朗诵：王以培 作曲：张建夫

一

夕阳铺在石桌上，化为红土，
土中的晚霞，照亮故人故土；
他们一睁眼，就看见另一个世界的曙光，
如同你闭上眼睛，就潜入江中——

这一夜，江水在土中涌流，
浸润后皇嘉树；
你受命不迁，摘取千年红橘，
——分给水边嬉戏的孩童……

夕阳穿透细密的枝叶，
你参透故人心：
他们正一边打铁，一边思索；
龙泉、太阿，在泉边闪烁。

龙光射斗牛之墟；
心光朗照废墟。
他们拆毁的，波浪正逐一恢复；
桌面清波涟涟，树影婆娑。

二

只一声鸟鸣，地就裂开；
故人乘船从江上归来——
你在此岸迎接；接回的灵魂瞬间绽放；
儿童拈花，放飞前世的蝴蝶。

飞鸟用影子指路，如先人弯弓射箭；
蝴蝶翩翩停在墓前，又飞进飞出，
采撷鲜花、萤火；
火树银花，从大地涌现——

船在墓园航行，旌旗如火如荼。
既然前世江水已将新城淹没，
不如早早回家；
而你的归帆，早已将你引向不归路。

三

“175 水位”，刻下整整一个时代，
水印渗出的花纹蕴含怎样的时间。
时间点点头，恩恩怨怨，
只化作细雨点点……

山河破碎，你的船停在白帝城下；
用心撒网，打捞的沉沙，尽是苦心孤魂，
他们至今在水中银光闪闪，
在月亮下的热土中，轻推着摇篮——

“明月何皎皎，爹娘声萧萧……”
沉沙中的明月终未丢失；
完好如初，又缩成扇坠大小，
今夜又藏进谁的口中，轮回转世？

四
爬上草坡的羊群，一时间纷纷回头；
黑云压城，转眼已成黑土。
他们集体藏进土中，如鱼儿
游进江中；他们集体沉默。

沉默如沙如梦，如往昔岁月
转眼成空；空空的旧梦，
将草坡、羊群凝成碧玉；
枯草返青，重现新梦新绿——

这是怎样的轮回，将死亡当作新生，
生命作为转世的灵魂——
只因与先父心心相印，你再不孤独；
与美人相知相惜，你再不寂寞。

寂寞的羊群早已将你团团包围，
祥云如歌；你在歌中落泪——
九天落雨，九泉生烟；
烟树烟村，一时重现昔日的家园——

你站在灰阳台上，
一件件收起童装；
阳光的气息扑面而来，
你把头深深埋进早春的芬芳……

母亲的手，还浸在冰冷的溪水里，
揉搓孩子的衣衫；溪水青碧，
融了绿水青山。可懵懂的孩子啊，
只一心想着背井离乡，一去不复返！

站在灰阳台上，你终于回家，
回到阔别已久的危楼危房：
危楼并不危险，
身边的太阳花正蓬勃开放！

（选自“长江边的古镇”之《沉沙》）

忠县传说 页 88
讲述：艾继赵　录音：王以培

大哥艾继赵讲述神话传说故事……许多类似的神话传说故事散落民间，同一个故事，有多种版本；而要记录一个好故事，须要倾听各种版本，从中归纳提炼，去粗取精，去伪存真。总之，根据我的切身体会，这是一项极为重要而艰巨的工作，需要长年搜集、整理，精心酝酿、打磨。

古井沉浮 页 96
讲述：吴天发　录音：王以培

2011 年，在忠县十字街口，我遇见一位坐在路边抽旱烟的老汉，听他说起家乡古井村的兴衰历史。参见“长江边的古镇”之《沉沙》第九章。

日月梦影印魂灵 页 102
诗 / 朗诵：王以培　作曲：张建夫

白帝日
初出山林的朝霞，将鸟鸣映红，
树荫倒映水色，波纹在山前晃动；
白帝旭日，与往日再不相同，
沉寂的一切都在日光中复出复活——

第一只鸟站在窗前，纹丝不动，
昨夜它还是一块石头，今晨被日光一照
便啼破春色。鸟鸣山幽，
玉色溪流将阳光运出山谷——

运至山下，寻常百姓家；燕子飞还，
衔着丝丝缕缕的春光，在梁上做窝。
燕子的巢穴啊，比我的家更坚固！

我的家在水上漂移，光中漂泊，
若不是白帝城头阵阵烟霞推开窗户，
我竟认不出我的故城，我的故国！

白帝月
明月像一条明亮的鱼在江中浮游，
江水围绕着我的枕头；
数日数月，我枕着波浪远游，
寻找我的祖先，今夜他们聚在白帝城头。

白帝明月，在夔门耳边悄声细语，
风中我听见久违的心声：“慎终追远。”
江水在深山深深应和，远远长流；
青山一夜间化为青色荒冢。

春祭曰祠，夏祭曰礿，秋祭曰尝，冬祭曰烝，
我在清明时节寻访故人，
在青山绿水间，用心祭扫每一座孤坟。

用心拾起片片枯叶，用梦唤醒孤魂，
他们与我同在荒野流浪多年，
九泉之下，与我共枕天上明月。

白帝梦
梦不醒，醒不梦，梦醒的白鹤啊，
飞回白帝城中；白帝清梦，六月落雪，
清明迎风，迎来英年早逝的亲人——
一家人，围着红楼梦中红红的大圆桌。

“日落西山还见面，水流东海不回头”，
回头又见落日，日落星河，天长地久。
梦中团圆的家庭，只因有梦，
便找回亡灵故友，列祖列宗。

亡魂在梦中静坐，列祖列宗从江上复活，
如石上清泉，随月色流动，心灵波动，
清波回荡在血脉之中……

归去来兮，回到白帝城中白帝梦中，
看呀，故人正驾着黄鹤乘风而归乘日而归，
至于月色，早在泪水岩石上化为虚空！

白帝影
为什么青山软软的，一踏上去就有清泉涌出，
而江水绵绵，细听却听出《长恨歌》？
美人身影在江中晃动，鼓乐笙箫，
埋在土里，响彻江中。有人在江上啼哭——

那个婴儿曾是一位老人，因不忍离家，
自刎江东；江水上升，
淹没了古城，淹没了故土，
鱼儿破门而入，破窗而出——

鱼儿瞪大眼睛，已认不出当年的渔夫；
破网还挂在墙上，破船已成朽木。
而故人的头颅啊，还绕着故园周游——

直至江水返青，世人已丧失记忆，
白帝城下，忽闻夜半歌声：
“天长地久有时尽，此恨绵绵无绝期。”

白帝印
你们在江边旅行，白帝在山上行；
你们在酒楼沉醉，白帝在江中醉；
你们在路上伤悲，白帝从云端落泪；
你们在家中欢喜，白帝在星空举杯。

白帝映入水中，江水澹澹；
白帝映入山中，山色青青。
白帝之印，深深铭刻心底；
森林覆盖群山，故园沉入江底。

江上明月与白帝同心，
江岸移民与白帝同病，
一帆风雨，与骨肉家园从此分离。

“烟一样的树，云一样的路，
花一样的人，酒一样的河。”
酒色河边，莲花朵朵。

白帝魂
众心归一，一在今夜是一座孤城，
宝石缀满舞榭歌台，殿堂楼宇，
所有死去的，都在清明传送春风细雨，
所有淹没的，都在江底歌舞升平……

只要寻梦，就有白帝降临；
只要白帝健在，我的国便坚如磐石，
柔软如江水；江上白帝城，
我的摇篮，我的墓地。

“惟天昭昭，佑我圣朝”，
朝中江水，潮涨潮落，
庭前江树，花落花开——

我寂寞的春天啊，江岸春草，
在白帝城中，祝福祈祷，
神祐福祉，吉星永照。

白帝灵
诸葛关注的星星，——坠入观星亭，
钟声渺渺，听见钟声的先人，
已在山谷里安睡；飞檐翘角，
可是白帝之身，白帝之灵？

石桌安放亭中，星辰在石上闪耀，
“残碑不见汉文章”，却见
完整的日月群星；白帝之灵，
夜观天象，可知凶吉？

凶吉未卜，星空已传来鸟鸣，
有声有色，无影无形，
将残碑洗净，春梦唤醒——

醒来已不见故园，唯见江水，
江心秋月，缥缈孤城，
渔人还泛泛，燕子故飞飞。

（选自“长江边的古镇”之《白帝城》）

新田老歌 页 110
唱：冉振爱　录音：王以培

这是在万州新田古镇，我的挚友，民间艺术家冉振爱师傅唱的两首新田老歌，这是他小时候，母亲唱给他听的——

明月何皎皎，爹娘声萧萧。

阿龙接玉弟，离别在今朝。
相会不可期，多看姐两眼，
多听姐歌词，汪汪睡不消。
啊，月儿挂在东方，晚霞飞……

渔翁乐陶然，驾小船；
身披蓑衣衫，手持吊鱼竿，
船头站；捉鱼摘竹篮；
金色鲤鱼对对鲜，
河内波涛鲛龙翻，
两岸垂杨柳，柳海人唱夕阳残。

上街买鱼鲜，酤一杯，
带着美酒儿，好把鱼来煎，
夜晚宿在芦草边，
酒醉后歌一曲，明月正满船。
渔翁乐陶然。

紫藤 / 走上去 页 114

诗 / 朗诵：王以培　作曲：张建夫

紫藤

江水像一根紫藤——
我只有一根藤，一条江，一个家。
烟霞从上往下，家也是烟，云也是霞，
水国烟村在木船底下——
船儿经过，有人上船，有人回家。

走上去

青草铺了一半的石梯，
另一半留给你，你走上去，
就进入我家，江岸危楼，
壁上石窟，亲人在洞中游走，
一如先人走在我们之中。

（选自王以培诗集《采真》）

新田传说 页 118

讲述：冉振爱　录音：王以培

听冉振爱师傅讲神话传说，新田白水溪的来历。因这些年采得大量录音，各种版本不同，未能逐一详细对比整理，尚无准确文字记录。

祭恩师陈永堂先生 页 126

诗 / 朗诵：王以培　作曲：张建夫

墓碑轻轻拨开野草，
向我发出会心的微笑；
我们远远走来，您还不知道，
还在埋头作画——
您的画笔，今日是青藤野草。

您画中的九朵莲花，
在空气中飘摇；
空气从此变得水淋淋的，
仿佛河流经过的村庄，
波光已浸透黑瓦白墙；
墙上的您的影子，
正从往昔向我们走来——

而这一次，您只用青藤说话，
泥土唱歌；您承担的重负，
从此只剩莲花九朵；
三枝藕，随之浮现，
如三位女子举起的手臂，
向远道而来的陌生人问好。

您问问我们，我们问问您——
墓穴内外，蜻蜓飞舞，蝴蝶穿行，
一如您的画笔破土而出；
我们的思念浸入泥土，
奉上深深的感恩与崇敬。

（选自“长江边的古镇”之《河广》）

劳动号子 / 哪里吃饭不要钱 页 130

唱：张远鑫　录音：王以培

在新田古镇，当年大办炼钢铁拉风箱时，唱起的竟是这样的劳动号子——

幺妹许配我哟，幺妹许配我，
幺妹许配别个，啷个不许配我哟
嗨哟嚯嗨……

这是 2000 年夏天，我的新田老友张远鑫师傅演唱的。
下面是张远鑫师傅演唱的当年“大跃进”时期的赞歌，谁承想，大饥荒就发生在不久之后。

哪里吃饭不要钱，哪里老少笑开颜，
走遍天下走不尽，
人民公社哟，吃饭就是不要钱，
嘿，吃饭不要钱。

慢行船 页 134

诗 / 朗诵：王以培　作曲：张建夫

深夜，船在窗前，行得很慢，
江水静止，如蓝色冰面，
我轻轻起身，坐在窗前——
除了默祷，除了耕耘，
除了在深夜擦去苦涩的泪水，
在这个世界上，
我不知还能做些什么。

除了上船下船，
运送时光与悲哀，
我不知还能做些什么。

除了缓慢航行，
在这风驰电掣的世界，
我不知还能做些什么。

夜从窗前经过，行得很慢，
我从深夜的旅途中下船。

（选自“长江边的古镇”之《河广》）

新田民歌 页 138

唱：幸正南　录音：王以培

这是八十多岁的幸正南老先生演唱的民歌：

凉风悠悠天要晴，老鸦叫唤就要死人。
死人要死我亲丈夫，莫死我的野男人。
偷人莫偷远方人，去去来来要船钱。

伐木歌 页 146

唱：冉振爱　录音：王以培

1959 年，冉师傅因受打击而一度精神失常，被判至西藏山林劳改三年。这首《伐木歌》就是当年这批劳改犯人自己创作，在林间伐木时高唱的——

嗨，嗨，嗨哟嗨哟，嗨，嗨——
翩翩树叶儿飞哟，锯木随风扬哟，
在那高高的山上，嗨，我们采伐忙，
在那高高的山上，嗨，我们采伐忙。
嗨，嗨，建设我们祖国，木材用处广又广，
盖楼房，建工厂，铁路铺得万里长。
奔腾的江河需要驾桥梁……

锯儿来来往往，斧头抡起响叮当，
森林虽然冷哦，嗨，我们全身汗，
在那高高的山上，嗨，我们采伐忙。

这些年，每次去新田见冉振爱师傅，他都要唱这首歌，歌声给我们带来无穷力量和欢乐。只是自从冉师傅去世，这世上就再也没人会唱这首歌了。好在留下了这独一无二的歌声。

冬夜 / 观星亭 / 蝴蝶 页 150

诗 / 朗诵：王以培　作曲：张建夫

冬夜

冬夜，天太冷，我们围着废弃的楼板，
生起一堆火；火光映红了四面废墟。
古庙凉亭，垂柳依依，一时从暗夜浮现。
江水在夜空下取暖；
对岸的山，也在向我们缓缓靠近。

观星亭

星星在白天来访；
亭上的琉璃瓦已呈古铜色。
亭子里的铜钟，至今沉默——
谁知观星亭本身日夜鸣响，震荡山河。

蝴蝶

石阶自己往上走，过桥入梦，
层层清波在桥头叠出什么？
一只蝴蝶，是昨夜
刚刚去世的那个老人变的。

（选自王以培诗集《采真》）

螃蟹歌 / 一颗豆子圆又圆 / 月儿弯弯照九州 页 154

唱 / 录音：冉振爱

冉振爱师傅于 2013 年去世，弥留之际，他问我要了一支录音笔，在家人的帮助下，专为我录下这几首歌：

一只螃蟹脚儿多哦一个螃蟹哥，
两个里来打架架哦八个小脚脚。
我往河边过，它夹到我的脚，
它往水里扯，我往坡上拖，
夹又夹得紧哦，扯又扯不脱，
夹又夹得紧哦，扯又扯不脱。

一颗豆子圆又圆，推成豆粉卖成钱。
别人说我生意小，小小生意赚大钱喽喂。

月儿弯弯照九州，几家欢乐几家愁，
几家夫妻团圆聚，几家流落在外头。

风土显灵 页 160

诗 / 朗诵：王以培　作曲：张建夫

一

我是踏着雨声和鸟鸣走进来的，

一路与石碑一起淋雨：
“夔府孤城落日斜”；而你
从汽笛中，听得出日出的声音。

雨滴在青石板上化成人影，
四散飘零的移民就这样归来，
从土里举起青枝，上面的红橘
如壁上挂灯……

你在灯火映照下，重归白帝城，
城头雨滴正用方言讲述着
旧城往事；我感到身后的废墟
一直跟着我，让我走不出，回不去。
我听见故人在土中唱歌，天人听见了，
便降下雨滴……

雨让白帝城变得温柔、晶莹，
如怀抱婴儿的母亲；婴儿啼哭，
像是在说孤儿不孤，父亲母亲，
你们不必将我托给谁，因为你们从未离去。
——你们时而是天光，时而是雨滴；
时时照亮我的征途、梦境。因为你们，
大地回春，如你们永在长存。

年复一年，日复一日，石榴树上新生的汉字
红润、晶莹。日复一日，年复一年，
我痛失父母却不再孤单——父母在天上，
亲人在光中团圆；父母在土中，
杨柳依依，雨雪霏霏……

父母在身边，我总感觉天光温暖，
春风如晤如梦，白帝城头欢聚的云朵
从未飘散；可为何他们今日泣不成声，
如孤舟蓑笠翁，面对融化之冰雪……

雪落白帝城，无言无声，
雨滴又打散莲花、莲叶。
四散飘零的移民今又归来，
从东西南北，回到一座孤城——

孤城出水；人影从积水中
踏着青山绿水一路归来；
我静坐孤城，他们都聚拢在我身边。

孤城上升，白帝如伞形花降临人间。
春天的白牡丹，夏天的白荷花，
秋天的白芙蓉，冬天的白梅花，
在鸟鸣、雨滴中，一并降落，
覆盖孤城每一叶孤舟，每一个孤儿，
安慰每一颗孤独的灵魂，宣告
生离死别的亲人从未分离，时时团聚。

你在雨声中离开，白帝城静坐江面，
像一尊祖先的雕像，送你走远，越走越远；
影子却为何仍趴在石桌上沉思、哭泣，
想起往日不曾孤单！

二
身后跟着两个孩子，走着走着，
再一回头，孩子都已长大成人。

你给两个大人拍照，快门一闪，
镜头里出现两个孩子——

时光在镜头里伸缩，你调节光圈之时，
自己被圈在光里，如羊儿出不了羊圈。

面对白帝城，云朵缭绕的桃子山，
你伸手摘一只桃子，一朵云。

三
逆流而上，你就去寻找从前的旅途——
小船顺流直下，满载江枫渔火。
小船穿透灰色浪尖，像一根针，
在江上绣蝴蝶，旅梦上下翻飞，
随风向、江流，扑朔离迷……

而江上此刻只有一只船啊，雨点渗入字迹，
墨就化开，字就扩散，你就圆满，
满弓满帆，只是回到从前，一往无前。

四
黛溪黛玉沉在江底，如水中村落，
“鲲里自外，以知其中”；你从船上
就能看清水下的一切：村民正在河坝上
洗衣服；石榴树下的黑衣老奶奶
正眯着眼睛晒太阳，头发如月光一样银白；
你不用撒网，即可打捞出水中日月。

云朵摘掉青山的白帽子；
你除却心中自我，在江上羽化成帆——
有船有江，你便空了心，满了愿。

船入瞿塘峡，两岸青山如蝴蝶翅膀
缓缓张开，忽而又在雨雾之中
扑闪着，消失在苍茫云天。

五
黛溪流过我的房间，许多黑夜
从我头顶经过，身体里穿过。
清晨，山上的凉气、鸟鸣
从身体里生出，我像一粒石子，
沉落黛溪边。

六
江风像一层薄土，撒在我身上，
把我埋在江边；我身上长满青草，
青草在月光下，欣欣向荣——

回忆先辈，“埋的没死，死的没埋”。
我就是活在江上的死者，
埋在土中的活人——

我活着，证明埋在土里的种子
不曾死去。我死去，证明江风
吹过的一切，充满生机。

江风像一层薄土，盖在我身上，
我沉沉入睡，像一粒幸福的种子。

七
从何时起，岩石上生出信号台——
大树像一棵消息树，将彩虹挂在树梢；
道路指向天边外。“月涌大江流”，
江上水路，从此展开——

你不见那岸边岩石，分明是土中人像，
连着车马、飞燕，一同站起来，
飞出来——马踏飞燕，人出山岩。
你瞧，那个姑娘正侧身红着脸，
江风将她的头发吹成野草，
身后的童子吹吹打打，
是新娘正要出嫁……

而这一次，她嫁给了山神，
江水是幸福的婚床，床笫之欢，
乃是奔腾不息的波浪……
你瞧，姑娘正侧身走出岩石，
俯瞰着躺在江上的山神……

八
鹤从岩石里飞出，从墓里飞出，
叼着山间的种子，火种、麦种，
播撒在土中江中，万里长空——
我们从此在云中结果。

九
从此，我只是留心观察，不再思考，
心上田野，已长满水稻，
棵棵皆是前人栽种。我不再思考，
考虑到的一切都与真实相异——

我在异乎寻常的旅途中，
与其说出逃，不如说顺着流水，
加入岩石涌出的队伍，他们忽然之间
集体现身，让我不堪重负——

怎么得了，他们都出现了，一方是他们
千军万马，从沿江石壁上应运而生；
一方是我，孤身一人在江上漂泊。

身边的人，正在谈论大旱之年，
粮食与蔬菜的收成；我坐在他们中间，
收获窗外灵性世界的果实。

十
他们对我说：瞧，我们并排站立，
头顶野草，脚踏江水；你只看见
江水流动时，我们伫立；却看不见
江流静止，我们正在江上漂移……

背靠着大山，我们好休息，
长江之水，可以洗去一路风尘。
我们是从前埋进土里的先人，
我们是今日山水生出的孩子——

只因江水日夜浇灌，我们从土里复活重生。
只因亲人常相思念，我们伫立岸边，
迎送过往的故友亲人……

十一
我对他们说：你们的面孔起初陌生，
初看是一堆石头，再看是一群人，
或坐或卧，有的提着酒壶，有的
正敲锣打鼓，细听才听出漫漫江声……

你们彼此之间在诉说着什么？
为何看起来没有悲伤，只有欢乐？
你们在江边演奏什么？为何
四面八方，飞来鸥鹭与白鹤？

十二
转过身去，我们朝东——
日从木间，几起几落。
我们在东边看见的海，
时常会涌来海潮，将我们淹没。

侧过身去，我们朝南，南方小羊
踢破南墙，正在爬坡——
像羊不是羊，南下又北上，
一如我们每次低头，
总看见水中升起月亮。

转过身去，我们向西，
拔出两根铜针，开启金口，
她在江边日夜唱诵的歌曲，
我们都曾在摇篮里听到过。

侧过身去，我们向北，

北京的金山上已遍生麋鹿。
我低头耕耘，向着荒山野岭，
撒下祖先遗留的种子。

十三
你看我，看江岸石头——
这里是我，头戴凤冠，腰系罗裙，
双脚悬空，脚下已不是泥土，是水帘洞；
我的右侧是个老人，包裹起来像个婴儿
躺在摇篮中。我的左侧是一条石鱼
噘着嘴，跃出水面，游向山中；
石鱼旁边，一位少年武士，
手持双戈，尽显威风。

隔我们不远，站立着一位圣人，
身边有学子前来朝圣，看似颜回，
他年纪轻轻，却染病夭折，
来到山水之间，长大成人。

十四
这边是三姊妹并排肃立，
他们刚刚失去了亲爱的母亲。
那边是观音送子，送给
虔敬而彼此相爱的夫妻。

这边是一道鸿沟隔断阴阳；
那边是日月星垂落天光。
三道光不分彼此，不隔阴阳，
却汇聚在一起，垂落瀑布、长江。

一贯三为王；累累岩石，
筑成生命的长廊。

十五
时光压迫我们，如山如石，
如生如死。时光是生是死，
亦生亦死。一如我们亦石亦人，
通脱、通灵，通一阵长风，
一袭野草，就和你连在一起。

十六
一道沟壑，是千年前的雷电武士
劈裂挖断；挖断山如今被江水填埋；
水成野土，土成野云，云成野鹤，
鹤成野天鹅；野天鹅是你是我——
我们在江上，彼此都不再寂寞。

十七
书生捧着一只鹅，献给静女；
静女背转身去，脸色赤红，
身上的衣裙被江风吹起，几起几落；
书生手中的鹅，已经飞走了。

高处的菩萨看在眼里，喜在心里；
喜上眉梢，画眉鸟儿飞上树梢。
高处的菩萨，从山里现身，
船只一过就再也看不见了。

十八
静女深夜点灯，照亮一座城，
就连午夜的阳光也显得暗淡了。
静女清晨出门，上山采雪，下河采莲，
而回屋一看，雪莲花已开满窗台、阳台。

子欲养，亲不待，静女之心，
骤起波澜——她在深夜点灯，
只为照亮坟台、灵台；
她采雪采莲，只为祭祀父母、祖先。

城池因梦入海，如星夜漂在江上的船。

十九
你们坐在船上，我们立在岸边，
你们躲进船舱，我们在草地河坝上游玩。
浪花拍打船头，是我们将石头投入水中，
你们站在船头，寻找波浪的起源。

二十
红土的长河层层叠叠，流在江岸岩石间，
与江河并驾齐驱，一如死者与生者，
同在土中过，江中游——
瞧，一个小小的人儿正在土中拉纤，
只见青藤不见船，他身后的船，
已被青山湮没，他还在拉船——

山在江岸漂移，还有许多故人
侧卧在高处的红土间，仿佛当年热血
依旧汩汩滔滔，染红故土家园。

二十一
顺着土中红河，我一路向前；
遇见的先人纷纷起身；或是我脱帽低头，
为他们撑船、拉纤。他们曾经站在船头
呼喊的川江号子，如今已在土中流淌成河。

我是他们船上曾经运送的旅客，
我是那些旅客背篼里的孩子，孩子
手中的橘子，橘子中有我；尽管那时
我尚未出世，孩子将是我，因为我是从他
和他们来的。认祖归宗，我归于后皇嘉树，
橘树下的泥土。泥土中的江河是我血脉的源泉，
找到它，我只有默不作声地化入其中。

泥土的红河在江岸岩壁上一路陪我，
在自己的家园，我就这样进出自如，
好安逸哦！

二十二
河流溢出白浪清波——
白的是连绵的石人石马，遗梦遗坡；
青的是泥土之上的青青草坡——
羊从山上来，吃了青草就开始思索，
如何将土中的河流背上山去呢？
而草坡蔓延，如平静的绿水覆盖群山。

二十三
我是一条出水的江豚，探出头来
就变成了石头；我的一半在水里，
一半在岸上；你们要让我
变成化石，或游回水中？

我的家已彻底改变，一如你们的家
面目全非；我所能给予的，只是
临终的注视，你们看见了就低头沉思。

而就这样，我探出头来，变成化石，
就这样，我望着你们，一如你们中间
有人为我偷偷落泪。不信你们听——

当坐夜的歌声再度响起，有人唱道：
“世上难寻不老仙，人生转眼在梦间。
但流一滴伤心泪，洒尽九泉犹不干。”

二十四
我看见河边青草漫过山坡；
我看见岩石开裂如切开的大苹果。
我听见屋基在悄悄说话，
连着树根草根，在水边轻歌……

土石飞升，如飞天不鼓而乐；
三通鼓已敲响黎明，从深夜到天明，
落花满地，随东风散去！

二十五
看我们层层叠叠，在高山隐居，
或进山，或出土，任由来去。
船只经过，我们会在土中牵引帆绳，
保佑你们的船儿，平安出行——

行至兵书宝剑峡，兵书赐智慧，
宝剑添勇气。行至牛肝马肺峡，
牛头马面，诸神都来保佑你——

眼看你的船儿来了又去，
我们从山中昙花一现，你要谨记，
记住倒吊和尚有时也会正襟危坐，
记住石头的莲台，时常会现出菩萨的身影。

二十六
石龙游出深山，侧目望着我，
像是在微笑，又仿佛有话要说，
他说千年修行，我已成龙成虎，
只在山中游玩，不跟你们回去。

他说你回去望望我的亲人，
我的亲人也是你的亲人。
他说有空常乘船在江上来回，
一条大河是连接你我的宽阔路径。

轻舟已过，石龙一分为二，
一半入水化作江流，一半回归，
在乱石野土中，处处显灵。

二十七
船头堆放的竹筐已盛满云朵，
将透明的云梦运至远方的城池，
鸭子从竹筐探出头来，看着前面的路；
前方的江水把群山推开，
为背井离乡的移民，开道让路。

江水撞在船头，嘭嘭作响，
如龙舟上的鼓手一鼓作气。
气流从峡口流入，寒流暖流
如人间冷暖，一样开阔心胸。

二十八
红船靠在岸边，是从红土中游出来的；
绿草泻下山坡，如干渴的绿鼹鼠，
瞪起小眼睛望着江上烟波；
草丛中的庙宇回荡着诵经声；
一群稻草人正端坐露台念经、晒经，
经书上的文字或为飞鸟，或为麦苗，
飞来江上，长在田间……

鼹鼠鼹鼠，你不要着急，再往前一步，
一江春水，便任你畅饮。

二十九
石人被风吹倒，斜靠在山坡上，
抚琴吹箫，拨开头顶枝叶，
脸上野草。“箫声咽，秦娥梦断秦楼月”，
秦楼月，如今不慎从楼上坠入水中。

眼前的江水响起笛声，鼓乐笙箫
回响在身后；听见的船都侧过风帆，
听见的石头都愁容满面。

三十
石梯斜横，像一根别针
插入云鬓，高山似的发髻，

清溪白发，丝丝缕缕……
江水如明镜，我们躺下，在水底，
依偎着故园山水；她正望着我们，
你听，水底深山，正传来声声汽笛。

三十一
我陷进去了，陷入一个旋涡，
我陷进去了，陷入沉沉江水——

林中鸟儿从水底飞出，
引领着岸边石人齐声歌唱，
我听见了，就和他们一齐倒在波浪里，
却被一扇有力的翅膀托起——

江水有时是一扇金翅，在底处高飞，
俯瞰水底青天，岸上人群——
影子被托起的时候，我们会感到强健有力！

三十二
船往东，我们往西——
我们是岸边岩石排成一队，
我们是水中敦煌，分身散体，
我们是芸芸众生，是走兽飞禽。

船往东，我们往西——
你们入海，我们上山；
海有仙山，山有流水，
往东向西，殊途同归。

船往东，你们凭栏远眺，
就能看见我们的商队
正浩浩荡荡，一路往西。

三十三
我听见驼铃，听见石头哈哈大笑，
看见小龙缠着女子，好像女娲与伏羲，
会飞的恐龙，将翅膀借给了一头狮子。

鼹鼠衔着狮子的尾巴，稻草人披着
金色长发，一同贴着江边，西行西飞——
草上清风托起四面八方，林林总总的丝绸羽翼。

三十四
岩壁上的地图，标明通往灵界的秘径——
神秘路径昭然若揭，在阳光下，月光里，
你们只知道白天黑夜的人啊，不知
日月在心里相会时，生命本身
沐浴着怎样的山泉流水……

野草最懂得石头的心，石人最熟悉
仙人的路径。石人将地图画在岩壁上，
江上往来人，你们谁曾按图索骥？

江水打湿的岩壁，泪水沾湿的衣襟；
野草丛中的汗血宝马，依旧
踏着乱石，奋然前行。

三十五
屋基在江中回忆旧宅，重建庙宇，
青草帮它构思并暗示：有时
回忆本身也在酝酿创作，何况
你本身便是房屋的根基——

根是从前的砖石，回忆起青砖碧瓦，
雕梁画栋的楼宇；青草从楼下花园，
上升至楼顶；殿堂庙宇从未消失，
只是沉入江底，只需潜行潜水，
返回内心，故园便完好如初，杨柳依依。

三十六
花圈铺在地上，花开在地里，
落在心上。空空的房屋已失去屋顶，
又失去四面墙，只有屋基守在江边，
托着野地青草；草长莺飞，
蝴蝶衔起的落花，来自哪一座花园？

三十七
石上梯田已收拢季节，收拢
所有青苗、果实，西风瑞雪；
石上梯田，已将石梯铺上山巅，
野草顶着甘露，至今
在荒山吟风弄月。

三十八
我家住在河边，房屋已被拆迁，
地面只剩碎瓦残砖，江水和青草
一起漫上来，你们经过时，
可见地上乱石，升起炊烟？

三十九
青草像一片绿色池塘，浮出地面，
许多童年都围拢过来——
青草拨弄着你的睫毛，
笑声从土里，溢出江面……

船过故陵，古墓陵园，
青草像一片绿色池塘，浮出水面。

四十
野象甩着长鼻；雄狮眯着眼睛；
老英雄卸下盔甲，抚弄着蓑草胡须；
少女仰面，长发与青山连在一起；
你们就这样相聚——

许多童子点灯张望，或并排垂钓，
吊起的宝葫芦，盛满青山绿水。

四十一
雄狮蹿出地面，踏着青青草地；
一群快乐童子，视而不见，
他们正围拢在母亲身边，
牵着母亲飘荡的衣襟……
母亲形容枯槁，头戴草帽，双目深陷……

一排排头颅刚刚出水，像泅水过河的士兵
正要登陆，收复失地，重整河山。

（选自“长江边的古镇”之《往生》）

对门那个姐 / 点兵歌 / 孟姜女　　页 166
唱：谭孝汉　录音：王以培

2013 年夏天，新田民间歌手谭孝汉演唱的三首民歌。参见“长江边的古镇”之《往生》第八章。

对门那个姐
对门那个姐，周身都是花。
打个主意撵到她。

撵到就撵到，明日问征兆，
姜钱卖了买支羊毛笔。

那团转一头牛，走马转过楼，
纸糊的窗帘绣花楼。

楠竹节节长，搭上姐屋梁，
鸥子翻叉上屋梁。

走进屋里去，恭喜又恭喜，
恭喜大姐在屋里。

椅子拖两拖，书生你请坐，
奴去给你烧茶喝。

灶儿捞两捞，茶儿滚跑泡，
打开罐儿抓胡椒。

那胡椒有些麻哦，花椒有些辣……

点兵歌
正月是新春，爹妈把儿生，
生下儿子是苦命，要当现役兵，
哎嗨，要当现役兵。

开开那后门，进来两个兵，
一手抓住郎衣领，你跑也不得行。
那索索都五尺长哦，套在那肩膀上，
一不慌来二不忙，送到剑南乡。
哎哟，送到剑南乡。

送到剑南乡哦，关进那插兜房，
蚊虫、蠛蠓咬身上，一晚哭到亮。
哎哟，一晚哭到亮。

送到黄金坝，心中乱如麻，
一心想到自己杀[7]，膀子索索扎，
哎哟，膀子索索扎。

送到朱雀门，碰到家乡人，
你跟我屋里带一个信，二世来填情。

孟姜女
正月里来是新春，家家户户点红灯。
人家夫妻团圆会，孟姜女一人好孤单。

二月里来抬头望，燕子双双闹花堂。
燕子飞进又飞出，孟姜女一人好冷清。

三月里来是清明，家家户户敬祖坟。
人家坟上飘白纸，万8家坟上是冷清清。

四月里来采桑忙，孤嫂二人去采桑，
竹篮挂在杖头上，一把眼泪一把桑。

五月里来薅草忙，家家户户忙栽秧。
人家都把荒田薅，孟姜女田里是草成行。

六月里来热茫茫，蚊子飞处闹嚷嚷，
宁可咬奴千口血，莫咬我夫万喜梁。

七月里来秋风凉，家家户户做衣裳，
人家都把新衣做，孟姜女穿着破衣裳。

杨忠乐自述　　页 172
讲述：杨忠乐　录音：王以培

这是 2013 年夏天，在云阳街头采访盲人杨忠乐先生的录音。在我看来，这是当代历史不可或缺的一页。参见“长江边的古镇”之《往生》第十四章。

孝歌　　页 178
唱：黄本兴、吴启才　录音：王以培

2013 年夏天的正午，在龙角街口，听黄本兴、吴启才二位老师唱孝歌。因为孝歌在屋里唱不吉利，所以，我请二位师傅在露天，大太阳之下唱。
第一段为《目连救母》，歌词不详；第二段为《分香歌》，歌词见本书正文第 180 页。

天光 / 山水涅槃 / 飞天下凡 / 面壁　　页 186
诗 / 朗诵：王以培　作曲：张建夫

天光
天光劈下来，劈裂了土，劈断了山，
拨开流水与尘埃，
只从水中寻出那幢老房子，
洗去它满身的流沙与青苔，
推开门，走进房间——

这是盛夏，蝉鸣在屋里回旋。
婴儿还在熟睡，呼吸如溪流涓涓；
母亲坐在旁边，轻摇着芭蕉扇……
天光看见了，就将他们捧在手心；
云间的喇叭花，正静静盛开。

山水涅槃
总也分不清石头和水、绿松石或躺在水里的松林；
总也分不清血和雪，当它们一同融在岩石里。
总也分不清是岩石游走了，或是鱼儿携着新绿，
静静回归；总也分不清，
一道道曙光从岩缝射出时，
偶尔睁开的，是谁的眼睛。

飞天下凡
明明是从苦难中升天，世人只见你飞身下凡，
救苦救难；明明是出自淤泥、黑暗，
却真正是一朵红莲，一尘不染——
这不是你是谁，不是我是谁，
不是我们的心愿又是谁的心愿？

面壁
最终我们站在你面前，交出断墙残垣，
我们毕生的答卷；最终我们向你呈现的，
只有废墟，只是静默。而就这样，
你竟赐予我们满壁飞天，青莲、白鹤。
（选自王以培诗集《采真》）

劝郎歌　　页 196
唱：佚名老人　录音：王以培

云阳广场，民间艺人三三两两，唱着这样的老歌。参见“长江边的古镇”之《往生》第六章。

正月是新年，花灯照镜前。
姐儿上前把郎劝——

我劝郎要读书，读书有好处，
多读文章有官做。

官做到北京城，还是个书为本，
多读诗书争光明……

春来不下种，黎庶何处生？
天地冻靠何人……

许多赌钱郎，输得精精光，
卖了田地卖瓦房。

正月是新年，姨妹多体面，
一件花衣套外面，活像女神仙。

二月百花开，姨妹好人才，
生得那不高又不矮，活像祝英台。

三月是清明，姨妹她好爱人。
出门来风一阵，走路响噌噌。

四月是立夏，姨妹好绣花。
绣的盘龙牡丹花，还绣一匹马。

花儿绣得好，栽起家中宝。
再绣金鸡把花报，还绣灵芝草。

五月船下河，姨妹换婆婆。
请来媒人真会说，想法弄酒喝。

六月热忙忙，姨妹好心慌。
个人出门找木匠，找来打嫁妆。

衣柜打一口，柜柜打一双，
再打书案和衣箱，又打象牙床……

川江号子　　页 210
唱：方应洪　录音：王以培

长江流过洛碛　　页 224
诗 / 朗诵：王以培　作曲：张建夫

长江流过洛碛，这一刻，
万物具体而微：一群孩子欢蹦乱跳，
从卵石中窜出；层层绿叶间，
故人正像鸟儿一样，在水中迁徙——
队伍来自梦的深处，与星辰不期而遇；
你只遇见一片迷雾，从江上起。
洛碛啊洛碛，曾经的欢乐——沦落，
如落日落叶，驾鹤归西。

洛碛洛碛，我的旅途在此沉落，
何处归飞？而蝴蝶蝴蝶，
已不在故园流连，却飞往新家新梦……

我在新梦中怀旧，在怀念中祝福，
就连远方的船只，一听我的祝福
便应声摇晃，而你至今无动于衷。

我的忠心恍恍惚惚，
在你的平常之夜，我已心碎。
细碎的波纹含着月光，
我含着往事，向谁吐露？

江岸的光沉入群山，
晚自习的孩子又开始苦读，
愿星辰潜入他们的课本，
愿世人听懂我的祝福！
（选自“长江边的古镇”之《江有汜》）

十二时辰　　页 234
唱：谭孝汉　录音：王以培

辰时好绣花，想起那冤家。
心中乱如麻，花也不绣嗒。

巳时好绣鞋，情哥哥他不来，
反手拿根青丝线，做了一双溜湿鞋[9]，
做起就等郎来。

午时陪郎坐，问郎饿不饿，
忙把花放下，起身去烧火，
烧火陪情哥。

未时喊吃饭，金鸡银鸭蛋，
郎说是多谢姐，姐说是吃素饭，
素饭多吃碗。

申时陪郎耍，象牙梳一把，
一包胭脂和水粉，一包绣花针。

酉时……（“淡忘了”）

戌时进绣房，推开红罗帐，
郎说是枕鸳姐，姐说是枕鸳鸯。
二人就话家常。

亥时好谈话，冤家睡着了，
怎么你的瞌睡死，何必不来耍，
误了小冤家。

（……）

卯时金鸡啼，我郎要回去。
反手拿个青丝帕，小郎头上搭，
生怕风吹打。

辰时郎去了，转身就不好，
背时的哥哥，魂魄你都带去了，
心中如刀绞。
（参见“长江边的古镇”之《往生》第八章）

尾声 · 川江号子　　页 246
作曲：张建夫　人声：方应洪

1　花包子，指棉花包。
2　落堰，方言，指往下，接下去，在下游。
3　在另一时，方应洪师傅说的是“铜锣峡的古迹难得讲”。
4　敲不盎，方言，即敲不响。
5　脑壳空，方言，指脑袋聪明、机灵。
6　丢烂起，忠县方言，意思是“丢下让它自己坏掉”。
7　自己杀，方言，自杀。
8　传说中，孟姜女的丈夫名叫万喜梁。
9　溜湿鞋，雨天穿的鞋子。

王以培访谈

左奎星

左奎星：您的创作背景源自沿江居民的迁徙事件，而他们大部分都是祖辈生活、扎根于此；在记忆和生活方式的潜移默化下，他们今天的生活深受祖辈的影响，一些意识观念可能已深深植入他们的日常行为的细枝末节。那么，就您的观察来看，长江及其水系之于他们，在生活和观念里意味着什么？

王以培：意味着日常生活的点点滴滴，与我们有着不同价值观，生死观——不遇见他们，不知道什么是长江水系，什么叫血脉传承；不遇见他们，我还意识不到自己多么无知，离传统多远——不是我们抛弃了传统，而是传统抛弃了我们；与自身的传统一刀两断，其结果必然是与祖先“失联”，与内心深处的“自我”失联；如此下去，一代人将成为孤儿，再强大的民族，也将成为一盘散沙。而反之，一切都可以逆袭反转。我不喜欢从概念说概念，从这个问题开始，我就以我亲身经历的故事，来回答你的所有问题。

左奎星：这可能吗？您还不知道我要问什么。

王以培：肯定的，我相信，因为这十七年来，我经历得太多，许多事情都刻骨铭心。比如在万州新田古镇，我曾去拜访一位民间画家陈永堂先生。陈先生曾跟我说起许多新田往事，神话传说，还亲笔给我画出了新田地势“九朵莲花三枝藕”。陈永堂老师无疑是我的恩师。直到有一次我又去新田，给陈先生打电话，电话里传来他女儿的声音，是用重庆方言说的：“不在了。”我当时就愣在那里，半天说不出话来。随后我就意识到，要去给陈永堂先生上坟。于是我就按照当地习俗给陈先生祭祀扫墓，写袱子，烧纸钱，并在墓前洒酒。而我这才真正理解了这些习俗之于我们意味着什么，正如“祭如在，祭神如神在”，“未知生，焉知死”—— 一切都那么自然而然，当时我心里就这样想：从前我去他们家里拜访陈永堂先生，而今，先生迁居土中，难道我就不再去看他了么？何况那“土房子”就在他们家后院的小山坡上。

这件事又让我联想到《史记·吴太伯世家》中的一个故事：季札开始出访时，曾北过徐邑。徐君（徐邑封君）喜欢季札的佩剑，却不敢开口。季札心里明白，但因为要出使上国，就没有将佩剑献出。等他回来再经过徐邑，徐君已死，于是季札解下他的宝剑，系在徐君坟前的树上才离去。随行人员就问：“徐君已死，您这宝剑还给谁呢？”季札说：“不然。当初，我已在心里将宝剑赠予他，岂能因为他已去世就违背我的初心呢？”

就这样，我以自己的亲身经历理解了当地习俗，由这样的习俗亲近并理解的我的祖先，用神话学家坎贝尔的话说，就是“找到自己的专属神话”，这对我来说是非常幸运的。我日后愈发意识到，一个人一旦找到属于自己的专属神话，即可左右逢源，在人生荒漠中找到丰沛甘泉。

再比如我在新田，遇见文天祥的后代文素涵，他将他的父亲文润昆的遗作给了我，我在其中找到自己踏破铁鞋无觅处的新田历史掌故、神话传说。于是，一天傍晚，我就给文润昆老大人上坟并烧袱子，夕阳下，火光映红了新田白水溪。而当夜，我在一座废弃的老房子里，正对着新田白水溪创作，思如泉涌；凌晨时分，一只大蝴蝶扑楞楞径直飞进我敞开的窗口，那是一只我从未见过的金斑蝶，从前只在图片上见过；大蝴蝶睁大了眼睛，翘着花翅膀，停在墙上，又在屋里翩翩飞舞。直到我写累了，将蝴蝶捧起，搁在枕边。第二天醒来，它就消失不见了，化在清晨的阳光中。而当我把这神奇的经历告诉我在新田的老朋友冉振爱师傅，他对我说：“这有什么的，你给老人家烧袱子，他就来谢谢你呀。”我这才想起这一路自己听到的民间传说，人们看见蝴蝶就会问：“蝴蝶蝴蝶，你是哪位老人家？”

想想看吧，我的兄弟，这样的事，在所谓大城市，谁听说过？后来我才知道，原来古希腊人也认为人死后灵魂会化作蝴蝶。

的确，这些年，我经历得太多，以至于您说的“长江水系”已化成我的血脉，潜藏并分布在我的生命中，看似一切都还和从前一样，但我心里清楚，自己已然脱胎换骨，看似老了，却更充满生机——无他，只因祀神祭祖，而得到祖先和长江的祝福。

左奎星：但在社会发展的进程中，传统必然与现实产生冲突，而传统不能回避被孤立这一事实。这种冲突有时会异常强大，传统面临着被异化或直接被摧毁的现实。人在其中的抉择，显得渺小进而衍生厚重的苦难。您常强调苦难背后的“生机”，是看到或感觉到什么样的现象，让您觉得这些“生机”是具有人类史诗般的意义？

王以培：这些年的亲身经历告诉我，所谓传统与现实的冲突，往往是表面现象，其实我们并不了解什么是真正意义上的“传统”，在我看来，与祖先及自然的关系，才是传统或文明的标志。而我们现在，真的比前辈懂得更多吗？很值得怀疑。

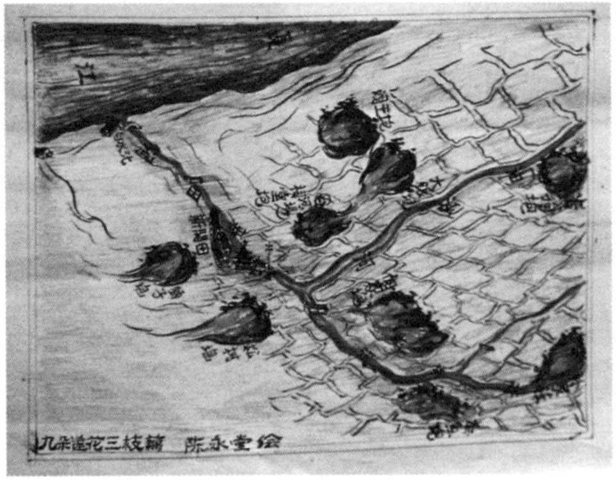

陈永堂先生及其手稿

还是讲个故事吧。2013 年 8 月，我又来到新田老街，看见一位农妇正在荒山坡下的杂草丛中拔草种地。我去帮忙，她就一一告诉我这些野草的名字，记得有苦蒿草、野苏麻、白刺苋、狗尾巴草。问她种什么，她说种点儿白菜、点点儿豌豆、胡豆。而对眼前这些植物的名字及生长期，我一无所知，只知道这里原先是良田、屋舍，而即将兴建一座火力发电厂。记得这位农妇名叫卢章秀，新田人，丈夫原先是打石头的。她看好荒山脚下的这片草丛，要赶在火力发电厂建成之前，种一些蔬菜，这让我敬佩不已。这就是传统。这个故事，我记在《往生》第七章中。我想，这就是您所说的“人在其中的抉择，显得渺小进而衍生厚重的苦难吧”。——至今我都还记得她拔草的沙沙声，和四周盛夏的蝉鸣，还有地里钻出的成群的蚂蚁，直接爬到腿上、胳膊上。

再说这些“生机”，何以具有人类史诗般的意义？话就从《神曲》的作者但丁的《论俗语》说起。简言之，在但丁看来，相对于“罗马人所谓的文学语言”，俗语，即不经过学习、天然就会的“元初的语言”更高贵。怎么说？还是讲故事吧。

比如，我在万州新田认识一位移民朋友，老人家风烛残年，体弱多病。我问他身体如何，他用重庆方言说：“酸坛子，破箩缸，敲也盎么，是不敲也盎。”[1] 我问他今后怎么打算，他说：“路死路埋，沟死沟埋，老虎吃了，得个肉棺材。”这样的语言，他张嘴就来；我只有搬个小板凳，拿个笔记本，给他斟酒、点烟。

正如神话是文明的根基，人类的精神家园；俗语，或元初的语言，是人类古往今来创作的源泉。思如泉涌，如今在我是一种常态，就是这么来的。

左奎星：《清庙》是基于《长江边的古镇》丛书的又一创作，收集了您十几年里考察时的图像和录音资料；您还为此书朗诵了您个人创作的诗歌。所以在《清庙》里，我们看到它的构成是图像—声音—诗朗诵（配乐）的表现形式。您觉得这种多重形式的诠释，是否与您理想中的“清庙”意旨契合？“清庙”在您的系列创作后要展现出一个怎样的精神层面？

王以培：《清庙》在一个“清”字，多重形式只为一个目的，回归诗歌与精神源泉：“思无邪”。表面看，我增加了形式，包括我们之间的对话，其实，说一千道一万，只为一句话：回归“风雅颂”，先辈祭祀之传统，我族内心之神圣庄严。

讲个故事吧，我从前去西方旅行，常在教堂里听圣歌，还有我自己也在学校里开设“法语诗与歌”的课程，讲到法国电影《放牛班的春天》（原名《合唱团》）里的圣歌，我自己也很喜欢。可是我就在想，我们的圣歌哪里去了？思前想后，找来找去，原来就在《诗经》风、雅、颂的

1　盎，方言，响。这句话形容自己得了哮喘病，成天咳嗽，呼哧呼哧喘气，好像破了的酸菜坛子。

“颂”里。而《颂》的开篇就是《清庙》。《颂》是我族先民祭祀先王及神灵唱诵的诗歌，何等神圣庄严！这些诗歌，至今让我们“通灵”，并在诗与歌中，找到我族元初的宗教信仰，和神灵祖先在一起。

可至今，提起《颂》，专家学者就说它是“没落贵族的封建迷信，歌功颂德”。呜呼哀哉，难怪我们没了圣歌；神圣庄严，正毁在这些学者文人手中。

左奎星：我们来谈一下图像。您从文人摄影的角度去观察、记录、见证您所“见证”的人与物及“景观”，从摄影上来说，您这是“模糊了摄影的既定风格，也模糊了摄影美学的既定理解”，同时在与声音和音乐的同构下，也区别于“纪实摄影的纪录性”，从而达到艺术创作的“文件性”。[2] 当您按下快门决定拍摄的一瞬，我想知道，您当时所处的场景给予您怎样的直观感受？

王以培：按下快门的那一瞬间，我不觉得自己是个外人，好像在自家院子里，给邻里亲友照张全家福。说来话长，我对摄影的最初记忆，是父亲拿着一个海鸥相机，领我回到即将拆迁的老院子（南京鼓楼大钟新村），去拍摄那里的一草一木，其中有我童年的身影，我对这世界的最初印象。而这些年在长江边，面对一座座即将消失的千年古镇，我的心情也是一样的，心里只想着让时光停留，记住眼前这一切。所以产生的效果，或许正如您所说的，“模糊了摄影的既定风格”。我从没学过摄影，也不懂得任何技术，只是我心里有个强烈愿望，就是要为即将逝去的家国故园，为祖先亲人奉献服务。具体说来，就是给三峡移民在他们世代居住的祖屋门前，照张全家福。而这个愿望逐渐衍化为这本影集中的一张张图片，其中还有一位蔺市老人让我给他照张遗像，我照了，感觉自己非常荣幸。上天成全我，让我这个摄影外行，居然也能拍出这样有价值的相片。我以为，从整体来看，摄影有时像一面镜子，拍出的是自己的灵魂。从自己这些年在三峡拍摄的海量图片中，我看见了自己的灵魂，在长江边找到归属的喜悦，尽管伴随着苦难、艰辛、无奈，但没有丑恶。我看见苦难的灵魂瞬间相遇时放出的光芒——那灵魂可能藏在一片无人的废墟间，从断墙瓦砾中抬起头来望着我，让我想起《史记》中常提起的“墟中人”；与他们相遇重逢，怎能不恍惚，不“模糊”？所以，不瞒您说，按下快门的那一瞬间，总是在哭，那是灵魂的悲戚与喜悦交织在一起的瞬间，我想，那就是极乐。

比如在忠县铁桥下的一片废墟间，我看见一位老妇人领着两名幼童，男孩儿才三四岁，站在一边泪汪汪的；女孩七八岁，长裤破了一个大口子，拿着一把比她还高的十字镐。他们小小年纪，就跟着奶奶（或外婆）一起，从原先自家老宅的废墟中，挖掘、拾捡完整的火砖，然后搁在马

2　这里的摄影概念来自黄孙权，《艺术家侯淑姿与她的左营眷村影像——“我们在此相遇”》，原刊于《今艺术》250 期，2013 年 7 月号。

背上运走。问起来他们就告诉我，要拿去盖新房。这样的场景正好让我撞见，那废墟间的青草、秧苗，老人和孩子凄楚的眼神，刻骨铭心。我还能说什么？所以按下快门的那一瞬间，我告诉自己：我不再找寻，我找到了。

果然，这一程，短短十七年，我常遇见街边的陌生人冲我招招手；历经沧桑的老人，与我一见如故，我曾不止一次地听见他们对我说："很久以来，我们一直在找你这样一个人，从来没遇见过。"——我还能说什么，所以我不"模糊"谁模糊，那不是什么本领、技术，那是亲人久别重逢时，自然而然的神情恍惚，泪眼模糊。

左奎星：就您拍摄的人物而言，他们在镜头下都异乎寻常地配合，甚而说是温顺。您是如何让他们接纳您的？是否也可以理解为他们把您的镜头以及您本人当作向外界述说的"载体"？

王以培：当然，这一路，也有不配合的，但是极少数，而且当我们之间彼此消除误解之后，就不仅是"配合"的问题了，而是"重逢"，是陌生人之间，熟悉的灵魂的重逢。正如您描述的：他们把我的镜头以及我本人当作向外界述说的"载体"；我也一样，把他们视为失散的亲人，重现的故园。我们彼此互为"载体"，相互倾诉：无声的镜头里，您可听见灵魂的回音，分不清是欢喜或哭诉。比如在白帝城下，我遇见一群老人，正坐在棚棚里聊天，我远远地给他们拍照，老人们就很反感，其中就有人挥挥手赶我走；而我呢，就低头深吸一口气，去旁边买盒烟，走上前去给老人们敬烟、点烟，搬个小板凳坐在旁边，询问、倾听，问他们祖上的来源，经历的往事，现实的困境……误会即刻烟消云散——当他们了解了你的来意，真正是为了记录先辈的历史，苦难的岁月和家国故园，没有一个老人不"配合"的，所有的老人，都愿意向我倾诉，十七年来，没有一个例外的。至于我自己，我常在心中默祷并自省："君子坦荡荡，小人常戚戚"；只要自己诚意正心，一切障碍都能克服，一切隔阂终将化解。我这样尝试了十七年，没有不成的。

顺便说一句，当初，那位在棚棚里挥手赶我走的老人家，就是白帝城下，曾与江姐、彭咏梧一起出生入死干革命的老英雄蔡英来，江湖人称蔡五爷。之后，蔡五爷就领我回家，在他们家的土坯房里，"吃粗茶淡饭"（五爷原话），跟我讲述了他一生的传奇经历，还给我展示了他珍藏的家谱。而当我说出江姐的革命经历，他大为吃惊，说："我们都是单线联系，你怎么会知道的？"老人革命了一辈子，无人证明，同志们都牺牲了。

左奎星：我们再来谈谈实地录音。据我所知您是使用录音笔这一工具录制。起初您是否只是想录一些当地的传说、民间故事等资料，然后再整理为写作素材以备用。可以听出其中一些民歌和川江号子深深吸引了您。这是否是您所谓的"意外收获"？这些歌声展现了他们的传统意识形态及生活的精神面貌，您是怎样理解这些就要失传的歌声的？

王以培：其实从一开始，我就是有意识的。我知道荷马史诗的来源，知道民歌与神话传说是文学艺术乃至文明的源头；而所谓“意外”，是我万没想到，至今在长江边，依然留存着如此丰厚的传统习俗、民间故事、神话传说、历史记忆，它们如遍地清流，在古镇老街，老人深邃的意识中汩汩涌流。比如在万州新田古镇，我听老人说起一位冉瞎子，是民国时期的一位盲眼的说唱艺人，一个人能同时打五样乐器，我于是尽一切可能，向新田所有老人打听关于冉瞎子的一切细节，搜寻一切线索，包括他的家族历史，生活经历，他讲述的故事和他唱过的歌曲，并记下很有限的那几句歌词。在我看来，冉瞎子就是长江边的荷马，可惜他解放前就去世了。

左奎星：在对歌词、方言进行的考校中，想必王老师得益于自己深厚的文学理解功底。工作进展肯定是艰难的，但这也促进了您与当地风俗、文化有更深入的接触。川渝地区自古在经济、文化上都有繁荣昌盛的阶段。我们对照古今，留给我们的是怎样的思考，或者说启示？

王以培：最重要的启示就是，越“小”的地方越大，越“没文化”的地方越有文化，反之亦然。怎么说呢？我是南京人，喝长江水长大，后来又去北京上大学，从小就接触到各种方言，四川话我百分之百听得懂，而且现在一听，就知道是四川哪一片，川江哪一段的，何况我的妻子也是重庆江津人。而四川、重庆一带，由于地理位置的缘故（远离异族各种侵略），如今成了汉族文化保存最完好的地区（没有之一）。举例来说，我在所谓的“大城市”生活了几十年，说实在的，连一副像样的对联都没见过。不如在重庆鱼嘴镇，一条老街，几个花圈店，就能看见：“今生劳动劳动，来世逍遥逍遥”；“水流东海不回头，日落西山还见面”；“前面一湾碧水，后面万仞青山”。我在一个大城市，一座偌大的公墓，丛丛墓碑中，竟然找不出一副像样的碑刻挽联。你说到底是哪里有文化，哪里没文化？

正是“鱼嘴”这样的“小地名”（当地人总这么说），“小地方”，正是无数这样的古镇老街，老茶馆中老人的记忆，传承了“龙脉”，我们祖先的精神血脉。而这些老人们，开口就（用方言）对我说：“我没得文化。”可正是他们，告诉我一个又一个濒临失传的神话传说。比如，在鱼嘴，一位名叫张德清的老人只有“小学文化”，却凭记忆告诉我好些神话传说，比如金竹寺的故事——说从前在重庆朝天门码头，有一座金竹寺，后来江水涨上来淹没了，金竹寺从此就沉到了江底。话说金竹寺的长老在景德镇订了一批碗，等到木船送来的时候，船夫却找不到金竹寺，问人也都不晓得。到了晚上，船夫正在吃夜酒，看见一个小沙弥提着个灯笼，上面写着“金竹寺”。船夫就跟着他来到水下，把碗送到了金竹寺长老手里，并在那里耍了两天。临走的时候，长老就说：“辛苦你把碗送来，怎么感谢你呢？你来看这里有什么，喜欢就送你作礼物。”船夫看了看四周，烟波青田，竹林茂盛，就说：“我撑船缺一根篙，能不能砍根竹子回去做一根篙？”长老说：“当然可以。”船夫就砍了一根竹子，等上岸一看，原来是一根金竹子。

王以培在新田老街采访
墟中人（摄影：张可斌）

这些年，经过长途跋涉，虔心祈祷，我就得了这么一根金竹子，从此用它撑船过河，逢凶化吉，遇难成祥。

左奎星：原来诗歌就是这样产生的。最后来说说这本《清庙》中的诗歌朗诵与配乐的形式。我觉得这是体现了您对于长江古镇的情感表达的一个最高“峰值”。您对那里的人、物及滋养这一切的场所都倾注了十几年的时间和精力。可能万物的“消逝”感是您强烈感受到的情感之重。那么，在今天我们怎样去看待“消逝”？以及这种所谓的生命中的失去，带给我们精神中的缺失？我们如何描述“它”，去接受这一切？

王以培：感谢奎星兄，您说到了点子上，而我的答案简单明了——反着来就对了。世界在“拆迁”，我们在重建。万物在“消逝”，我们在留存。所谓“峰值”，无论是按下快门的瞬间，还是一行通灵诗句的涌现，正是这种正反两方面的碰撞。撞出的画面是摄影，撞出的文字是诗歌，撞见的心灵是朋友。比如我们，说心里话，奎星兄，我的图片本身没有那么好，多亏您的“设计”与“修饰”——不仅没有改变原图，反而呈现了它们的本质。

图书在版编目 (CIP) 数据

清庙 / 王以培 摄影、文字、录音 .—桂林：漓江出版社，2017.6
ISBN 978-7-5407-8043-2

Ⅰ . ①清… Ⅱ . ①王… Ⅲ . ①散文集 – 中国 – 当代 ②摄影集 – 中国 – 现代 Ⅳ . ① I267 ② J421

中国版本图书馆 CIP 数据核字（2017）第 046205 号

出版统筹：吴晓妮
责任编辑：叶　子
特约编辑：左奎星
设计制作：左奎星
责任营销：景迷霞

出版人：刘迪才
漓江出版社有限公司出版发行
广西桂林市南环路 22 号邮政编码：541002
网址：http://www.lijiangbook.com
全国新华书店经销
销售热线：0773-2583322

北京汇瑞嘉合文化发展有限公司印刷
北京市经济技术开发区荣华南路 10 号院 邮政编码：100176
开本：889mm × 1194mm 1/16
印张：17　字数：20 千字
2017 年 6 月第 1 版　2017 年 6 月第 1 次印刷
定价：99.00 元

如发现印装质量问题，影响阅读，请与承印单位联系调换。
电话：010-67817768